中國語言文字研究輯刊

十七編

許學仁 主編

第18冊

白語漢源詞之層次分析研究
（第四冊）

周晏菱 著

花木蘭文化事業有限公司

國家圖書館出版品預行編目資料

白語漢源詞之層次分析研究（第四冊）／周晏篁 著 — 初版

— 新北市：花木蘭文化事業有限公司，2019〔民108〕

目 14+120 面；21×29.7 公分

（中國語言文字研究輯刊 十七編；第 18 冊）

ISBN 978-986-485-938-2（精裝）

1. 白語 2. 詞源學 3. 語言學

802.08   108011984

中國語言文字研究輯刊

十七編　　第十八冊　　　　　　ISBN：978-986-485-938-2

白語漢源詞之層次分析研究（第四冊）

作　　者　周晏篁

主　　編　許學仁

總 編 輯　杜潔祥

副總編輯　楊嘉樂

編　　輯　許郁翎、王　筑、張雅淋　美術編輯　陳逸婷

出　　版　花木蘭文化事業有限公司

發 行 人　高小娟

聯絡地址　235 新北市中和區中安街七二號十三樓

　　　　　電話：02-2923-1455／傳真：02-2923-1452

網　　址　http://www.huamulan.tw 信箱 hml810518@gmail.com

印　　刷　普羅文化出版廣告事業

初　　版　2019 年 9 月

全書字數　699755 字

定　　價　十七編 18 冊（精裝）　台幣 56,000 元　　版權所有 · 請勿翻印

白語漢源詞之層次分析研究
（第四冊）

周晏菱 著

附圖目次

第七章　結　論

壹、研究成果

　　白語詞彙語音系統具備「重」的特色——層次重重疊置且語音演變亦重新配置調整，而此皆可溯源自語言接觸的影響所致，語言接觸產生的借入融合及強勢官話侵入，都使得白語語音系統產生極大的變動。透過白語詞源系統反映出的白漢語音對應之對音現象，並就此進行相關的歷史層次分析，對白語語音史甚或漢語語音史而言，都是相當重要的課題。

　　本論文分七章，針對白語漢源詞所反應的音韻結構進行層次分析說明，創新之處及重要貢獻有：

　　1. **追本溯源，探前人所未盡之處；語料調查兼收文白讀，古今音皆不偏頗：** 從白語漢源詞彙入手，將前人所未區辨詳實的白語詞源分類，及詞源的屬性分層確實區辨。白語詞彙系統屬於字本位系統，受到接觸融合影響，逐漸形成詞本位及合璧詞本位的概念，字詞相混情形顯著，特別是白語古音口語音讀，採用多音節語義理解詞彙的情形相當明顯；因此，本論文兼顧詞彙總體脈絡「詞素－字－詞－句－章」，從繫聯白語字本位以明漢源屬性，並兼顧相關詞彙結構內關於詞本位的性質，並以此角度展開研究，考證漢譯後的白語詞彙古本義，兼單音節及多音節詞彙，以證研究成果之實。

　　2. **改善前人單點單語區，單一語音特徵的討論：** 從歷史層次及語音－語義

深層對應爲研究基礎，將白語內部語言分區視爲有機整體，從古音至今音、古義至今義，由語音爲主兼顧語音所展開的語義和語法音變情形，全方位探討白語語音演變的歷史層次進程。

3. 以母語者的角度兼顧彝漢，不因漢廢彝：立論於「溯源」，疏理從白族歷史演進過程所發生的語言接觸，影響詞彙－語音擴散及共時－歷時的語音系統演變，白語詞彙雖已深受漢語影響，但歷史洪流上所產生語音演變現象，卻仍遺留古白藏和古白彝接觸的痕跡，亦屬於白語語音歷史層次內重要環節，此外，本文兼採用歷史比較法和歷史層次分析法、內部分析法和系統性歸納法、語音－語義深層對應法及方言比較法和內部擬測法等進行詞彙語音演變探討。

4. 改善前人研究誤解歷史層次之義，不預設系屬立場，由語料反應的音韻現象說話：歷史層次語音演變，並非爲構擬白語原始音讀爲目標，更非爲系屬定論而生，藏彝甚至其他親族語詞源雖已形成化石化存於滯古底層，但對於語音演變的影響卻實際存在，以詳盡白語語音史和漢語語音史的研究爲目的，如實呈現白語複雜疊置的語音史現象，從隔步不同音的異質尋求同源同質性。

5. 逐一解構白語聲、韻、調相關議題，透過描寫法將白語字－詞至音位詳盡描寫：歸納相關語料範例，檢視語音演變的層次歷程，統整白語區及位處的西南官話語區之聲、韻演變脈絡完整對應，根據研究成果，將語料逐層建檔，分別歸入相應的歷史層次內。

6. 提出時空的詞彙擴散觀念：從白語漢源詞入手，發現白語詞彙系統內詞彙擴散的漸層擴散作用，其詞頻變化亦是影響整體詞彙形態和音韻變化的根源。

7. 跳脫系屬框架，以白論白：不預設立場，客觀從語料反應的語音概況全面解析白語語音系統。

本章總結前述針對白語歷史層次分析的重要研究成果，此外，並從白漢語言接觸及白語整體歷史概況的角度，重新審視白語重要的歷史音韻問題、層次鏈動作用下的音變問題，及對歷來紛擾不休的系屬定位問題說明看法；最後在本論文的研究基礎上，針對後續的研究展望及侷限，提出可以再繼續探討的問題。

一、本論文研究立論基礎

本論文重要的研究成果，主要立論於從「詞彙」的角度出發，區辨前人所未辨明詳實的白語詞源層次結構，並從白語聲母、韻母和聲調的鏈動演變，展

開語音－語義深層對應的層次分析研究。主要分為以下二項內容：

（一）關於白語民族語漢源詞歷史層次分析的理論架構

　　本論文針對白語複雜多元的漢源詞來源，主要分為：官話方言（主要以漢語方言為主，依不同時代帶入不同官話方言，例如《切韻》唐音、元明清官方韻書音等），本族語（白語族語）、民族語（本族語＋移民者的漢語方言）、漢語官話方言、周圍親族各族語言（主要以彝語和藏語為主），甚至是宗教信仰、經濟文化交流帶來的語言詞彙等，借鑒歷來在相關議題上的研究成果，配合白語漢源詞實際語音現象，分別從：

　　（1）層次的定義——為白語語音史區分各歷史語音時期，即時間層區辨。

　　（2）漢源詞來源——區辨白語詞彙系統內，來源於漢語詞彙之借與同。

　　（3）漢源詞識別——書面官話漢源、非書面之日常口語習用或已具疊置性質之移民漢源。

　　（4）漢源詞層次——詞源語音層。經由移借和變異劃分詞源之主層、借層和變層；換言之，透過詞源的實際語音演變現象，進而確立歸屬於詞源之分層，並將反應的語音演變現象置於相應的歷史時間分層內。

　　（5）層次再溯源——透過漢源詞之語音對音現象判定各層次時間先後，即依據層次語音呈現的相應性（同）和異質性（借），進行歷史時間分層，更進一步，又透過主體層和非主體層兩大架構再次針對詞源屬性分層。

　　（6）漢源詞音讀——追本溯源，判斷漢源詞借入融合時的讀音表現，進一步建立各音讀層次在白語北、中、南三語區內的對應關係。

　　（7）擴散與音變——從詞彙著手，藉由詞彙擴散理論解析詞頻對音變的影響，及相關的詞彙形態演變，釐清擴散論對層次分析的關聯作用。

以上七點方面，詳盡解析白語民族語漢源詞歷史層次的分析法則；此外，透過研究發現，白語和漢語具有嚴整的對應關係及音義相類的語音詞彙現象，亦有結合內源與外源的歸化過渡形式，藉由層次分析可知，白語與漢語的同源關係詞和基本核心詞彙方面，隨著地域帶動的接觸影響，已逐漸滲入漢語成分，然而，白語與漢語的同源關係詞和基本核心詞彙，仍然是以移借之同源為主要來源，這些移借的同源，已形成白語詞彙內的底層老借詞，在接觸的洪流內形成

「類同源」現象。

（二）透過白語漢源詞之白漢對音現象，實踐歷史層次分析

本論文主要研究與漢語有著深度接觸，且漢源詞豐富的白語，藉由歷史層次分析法可知，白語漢源詞主要區分為：滯古－上古、古代（主要泛稱中古時期）和近現代三個大的層次，在此三大層次的架構下，白語漢源詞又可以再區分為四個反映語音演變現象的核心層次，分別為：上古滯古語音層（魏晉甚或更早時期）、中古早期 A 層之滯古與發展過渡期（隋至唐代早期，約莫可以《切韻》時代做為斷代）、中古中／晚期 B 層之語音演變發展層（唐代中／晚期至宋），近現代時期（宋元明清及現代）四個層次，此四個層次在語言接觸的調合交融之下，又分屬於內源性音變層次和外源性音變層次二個大的層次。其中，依據分析語源材料顯示，白語主要且大量的漢源詞層，集中於中古中／晚期 B 層，然而其各層彼此間交錯滲透融合，形成層層疊置的複雜現象，本文利用這些不同層次的白語漢源詞對音音讀表現，分析論述白語史和漢語史，因接觸融合形成的相關語音演變研究論題。

經由研究顯示，白語的歷史層次疊置相當複雜，漢語的深度滲透融合，使其滯古語音層亦不全然呈現白語實際的滯古語音現象，白語不同風俗音調和隔步不同音的多元語貌，使得能透過研究分析，辨析清楚白語各時期歷史音韻層次演變系統，將白語聲母、韻母和聲調值類，在各歷史語音層次內因語言接觸產生的音韻演變現象，參照對應相應的語音概況，確實詳述其音變的誘發關鍵是來源於內在條件之自發性音變，還是受到外在語境之來源音影響而不得不為之被動音變，亦或結合兩者而為之調合性音變，即是本論文研究最大的研究成果。筆者研究認為，白語音變最大的誘發關鍵，當是受到如同類母語的漢語接觸滲透，干擾作用下形成融合自體語音現象的調合性音變。以下分別精要說明相關研究成果。

二、白語音變類型總說

本文在第二章白語音韻概況論述章內提出：白語語音系統內具備「語言實際存在者為音位變體，爾後才出現音位」特徵，如此也說明白語整體語音系統，語義的引申轉變，受到語音「聲變」、「韻變」、「等呼變」和「調變」的影響甚為顯著。透過歷史層次分析可知，誘發白語產生語音演變的動因，是兼具內源

性的自然音變和外源性的接觸音變雙重影響所致；進一步深入探究可知，白語語音史所呈現的語言接觸體制下的語音層次演變現象，主要受到：（1）詞彙擴散引發語音擴散、和（2）主流音變與滯後性音變影響。本文的研究討論，主要先從白語的規則音變和特殊音變之自然音變進行分析；再從白語的滯古底層和底層語言的接觸音變和共時音變展開連串討論。

此部分主要歸納五項條例，針對白語音變類型提出總說：

(1) 音變速度：白語音變速度分爲主流層和非主流層兩部分，其語音演變受到本族語及民族語內部自源影響，分別具有滯後性音變和超越性音變特徵。

(2) 語義音變：白語具有以義領音的語言現象，從音變和語義演變的關聯性討論，可區辨出與語義無甚關聯的單純音變（例如：雙音詞、三音詞及部分四音格詞之無關涉語義演變的連讀變調）和受到詞義引申、轉喻分化及語法構詞變化的形態音變，亦影響白語特殊的四音格詞音變及複合合璧詞的音變現象。

(3) 受漢源詞深化影響，進而產生的通讀和訓讀。

(4) 音變時間：以時間爲主軸論及音變現象，主要分爲共時音變和歷時音變，本文分別從同化、異化、弱化、高化、前化、後化、裂化、強化、清化、濁化、鼻化、舒化、增減音、脫落、轉換等音變具體現象展開相關分析。

(5) 環境音變：音變的產生即便是內源性，仍無法排除外在社會語境的作用，例如：避諱音變、性變音變和階層音變等，都會間接刺激內源產生漸變式音變或突變式音變現象。

上述五點方面都含括在白語的自然音變和接觸音變範疇內。

就白語音變類型部分，本文第二章更從語言接觸及白語史地概況導入，細究白語和漢語及其藏彝親族語等接觸融合現象。白語族從游牧至群聚而居農耕、從部落至建立王朝，白語族在歷史發展進程中，發生四次重要的語言接觸階段，這種在白語歷史上因「接觸引發語音演變」的重要語言接觸，乃影響白語形成歷史中共同的發展與變化，再其次因地理區域使接觸演變產生深淺差異，例如：白語北部語源區及中部部分位處近北的過渡語區，其語音保有白讀白語音和音譯漢語文讀音之雙語特色，白語南部語源區及部分中部語源區，則

以借入漢語音讀但以自身語音系統融合轉化的音讀模式及音譯漢語音讀兩種詞彙音讀使用特色。白語族在歷史發展進程中，發生四次重要的語言接觸，分別如下說明：

（1）第一次語言接觸：滯古底層詞未保留，時間歸入上古春秋戰國時期。

（2）第二次語言接觸：滯古底層本族語和民族語融合，以白漢、白彝爲詞彙移借大宗，時間歸入兩漢至魏晉南北朝時期。

（3）第三次語言接觸：大量漢源詞彙深度接觸，時間橫跨中古中晚時期，採用唐音音韻和詞彙系統，呈現官話漢語唐音和民間用語漢彝混融的類雙語現象。

（4）第四次語言接觸：漢源詞彙持續影響，彝藏語形成化石化，時間發生在宋元明清之民家語時期，政經文教勢力強勢帶入漢語唐音之北方共同語、成批量的生活日常文化詞彙移入，官話音讀對白語民族語的音韻產生另波的音韻調整；至現代漢語時期的音讀移入，形成白語白讀層和漢語文讀層的文白層次雙語現象。

白語與漢語的接觸借用與轉用干擾，是經由數次的語言接觸產生層次疊置而成，然而，白語由語音整體而分化（此處所指之分化，乃以指稱白語語音系統內部的分化現象），主要受到內部兩股語言力量相互角力所致：其一是藏緬彝親族語接觸性的音韻干擾，主要深化爲白語北部語源區及少數中部位處過渡語區，仍然保有較爲滯古的語音現象，此滯古的語音現象並與後來陸續移借入白語語音系統內的漢語音讀層次不斷調整，形成雙重層次結構來源；再者，即是從古至今一波波南下的漢語音韻系統，隨著時代演變帶來不同時空的漢語官話層次，白語接觸吸收後再以自身音韻系統將漢語官話現象逕行調整，以符合自身民族語特色的白語音系。

白語的歷史層次並非壁壘分明，而是呈現層疊錯置的多源聚合現象，在上古層及中古層早期 A 層階段，屬於來自藏緬彝親族語（亦有苗瑤和侗臺語部分）和漢語（楚語）的作用外，在中古層中晚期 B 層肇始迄今，白語語音系統主要在第一強勢語即漢語官話的作用下進行分化演變，在接觸借用與轉用干擾的演變效應下，各層次彼此間持續不斷重整互諧，音變與變異不僅影響自源性音變，也帶動外源性音變，逐漸形成今日白語兼具雙語音讀的融合式語音面貌。

三、白語聲母歷史層次語音演變總體概況

　　依據白語聲母系統的語音表現概況，白語的聲母系統在歷史時間的分層基礎上，透過本章的總體研究可知，主要又可細分出四項層次：滯古層、上古層（上古時期）、唐宋層（中古時期 A 期和中古時期 B 期）、漢語干擾層（包含官話接觸：近現代時期）。在滯古層方面，白語有其特屬的存古小舌音讀及擦音送氣現象，其時間或可溯源至魏晉以前，與上古層逐漸產生語音融合，即表現出存古小舌音讀與軟顎舌根音產生併入合流，此外，關於漢語干擾層部分，主要是白語自源語音現象受漢語接觸移借干擾，形成結合白語和漢語語音特徵的漢源歸化現象。以下分別說明各層間的語音演變分合關係：

　　（1）滯古層和上古層、唐宋層產生合流，特別是小舌音讀現象，與中古軟顎舌根音及零聲母形成語音對應關係，主要產生：發音部位前化及塞音濁音清化、小舌擦音化及濁塞音演變爲清塞音送氣。

　　（2）唐宋層軟顎舌根音受韻母介音影響而生顎化，並與端系產生語音對應，透過顎化作用又與照三章組對應，並經由韻母諧聲現象，反映出與知三系和精系的相通性。使得白語軟顎舌根見系音讀具有滯古層之端系和照三章組，和與照三章組（特別是知三系）和精系之唐宋層，兩條語音演變路徑。

　　（3）白語透過分音詞概念，將上古層之複輔音予以遺留，主要作用於唇音、舌音、齒音和舌根四方面產生分音之複輔音聲母存古現象。

　　（4）唐宋層時期兼具喉唇通轉語音現象，好發於「見溪、曉匣、云影」六母；在顎化作用和重紐條件[-i-]和[-j-]介音，及唇音原具有之[-u-]介音制約下產生唇音齒齦化現象，即由雙唇塞音朝向舌面前塞擦音和齒齦塞擦音演變，由舌面前塞擦音朝向齒齦塞擦音演變的過程，亦有受到西南官話時期女國音的影響所致，特別需要說明的是，白語此種特殊的重紐條件制約，僅好發於北部方言區，中部和南部方言區，此[-i-]和[-j-]介音則並未影響聲母產生相關音變作用；此外，此種喉唇通轉現象並鏈動韻母由前高化往後高化發展，形成韻母後化作用。

　　（5）白語唇齒音[v]在語音系統內呈現[m]→[ɱ]→[v]→[ø]→[v]/[ø]的演化過程，與韻母介音[-u-]有密切關係，即誘發音變的主要動機與「元音固有鼻音性」相關。

　　（6）受條件音變制約影響，白語聲母泥來母在上古層語音相混，至中古中

晚期和近現代時期，受韻母介音洪細影響，產生半混和不混用兩種類型，其韻母若爲細音，則聲母形成舌面鼻音和半元音讀現象，特別其韻若爲入聲韻讀，來母主要以半元音[j-]爲聲母出現在音節結構內。

（7）白語上古層暨唐宋層之知、精、莊、章的讀音類型爲：知組與端母混讀[t-]、並與精、莊組混讀[ts-]、[ts'-]、[s-]：①知組與章組混讀，洪音讀爲[tʂ-]、[tʂ'-]、[ʂ-]，細音讀爲[tɕ-]、[tɕ'-]、[ɕ]，端組細音亦有讀爲[tɕ-]、[tɕ'-]、[ɕ]。②知組與章組部分讀塞擦音和擦音：[ts-]、[ts'-]、[s-]/[tʂ-]、[tʂ'-]、[ʂ-]/[tɕ-]、[tɕ'-]、[ɕ]，其中的[ts-]、[ts'-]、[s-]和[tʂ-]、[tʂ'-]、[ʂ-]音讀，白語有時會以濁音表示，呈現清濁對立現象。知系、精系、章系和莊系這四組舌齒音讀，在白語語音系統內的知系與端系和精莊系混同，其音讀在上古時期爲[*t]、中古時期除了底層舌尖塞音[*t]外，受到漢語端二[*tr-]內的[-r-]介音影響而形成翹舌音[*ʈ]，並重疊出現混讀章系[ts-]/[tʂ-]/[tɕ-]的語音現象，近代時期亦然，現代音譯漢語借詞部分則以[ts-]/[tʂ-]並用；如此亦使白語端系字與漢語音讀甚有差異，不符合中古《韻書》的等第列位，白語端系做爲整組舌齒音源流演變之源，實屬白語語音特色。

（8）白語舌齒音同見系，其語音演變現象內存有特殊的擦音游離現象，這種語音現象是語音系統內擦音和塞擦音演變不同步發展的情形，舌齒音知莊精章組及軟顎舌根見系，連同韻母止攝開口三等皆有此種語音現象。

（9）白語漢語干擾層部分，其聲母的特徵具備——能區辨唇齒清擦音[f]：唇齒清擦音在白語詞彙語音系統內可以表示底層詞和漢語借詞兩種類型，表示底層詞時的唇齒清擦音主要可重構爲[pi-]/[pj-]的聲母系統；表示漢語借詞的唇齒擦音普遍在聲調值類部分以新興漢語借詞調值[35]調區辨；表示漢語借詞時舌尖和翹舌塞擦音分流且舌尖鼻音和邊音已能明確區辨；小舌音合流：北部語源區和中部諾鄧語區呈現兩種語音現象，即小舌音和軟顎舌根音並存及小舌音合流於軟顎舌根音內，白語整體語區已呈現小舌音和軟顎舌根音合流的聲母系統；擦音合流：聲母擦音送氣的滯古現象普遍已合流以不送氣結構出現，白語部分語區仍保留。

白語聲母系統在中古時期 B 層及近現代時期之元明民家語時期的近代部分，漢語借詞源源不斷地滲入後，漢語音讀現象與白語滯古源自於彝語而來的音讀成分形成歷史競爭，由中古時期白語聲母系統亦搭配語義引申轉喻所呈現

的多重層次演變可知，中原唐音的漢語官話正以強勢語言影響白語語音演變，詞彙語義擴散誘發語音擴散的作用甚爲顯著。

在滯古層、上古層、唐宋層及漢語干擾層與歷史層次四階段分期的原則基礎下，依據白語詞彙系統之本源、漢源與借源屬性，將白語語源材料相關聲母系統的語音對應現象，區辨出主體層次和非主體層次、現代官話層次、彝語層次和滯古本源層次，如此亦能反映白語聲母的演變概況，及白漢對音的語音現象。

四、白語韻母歷史層次語音演變總體概況

白語韻母的歷史層次，經由第四章的分析歸納可知，主要在白語滯古－上古時期，即與古漢語具有相類同的六大元音系統，並在此基礎上展開演變，本文研究白語滯古－上古時期的韻母六元音，主要採取王力的六元音擬音值展開討論。

根據第四章的研究顯示，白語普遍的韻母層次皆屬上古六大元音體系層，主要以單元音爲表現形式，即使白語受到彝語和漢語持續的雙重夾擊，其自源的滯古語音特徵已經漢源歸化，但韻母層次仍舊在六大元音體系內進行演變發展，更重要的是，白語韻母層次在元明民家語西南官話時期，在官話韻書本悟本《韻略易通》之「韻略」達到「易通」的原則下，白語內部語音演變呈現相當的不平衡性，其韻母系統格局的調整，可以分爲四大類說明：

（1）單元音的格局：韻母單元音伴隨高化作用，受介音影響，產生高頂出位的音位結構，或本已高化的單元音前化或後化，此外，受到語義引申交互作用，單元音亦有增添羨餘聲母的演變現象。

（2）陽聲韻的格局：白語陽聲韻同入聲韻，由於鼻音韻尾（入聲韻尾）循合流－弱化－脫落路徑演變，使其依據韻母歸併至相應的陰聲韻內，由此形成元音鼻化的陰聲韻陽聲鼻化現象，即陰聲韻之非鼻化之鼻化現象，並產生陰陽通轉的對轉理論。

（3）小稱詞 Z 變韻：即所謂子變韻的語音現象，由官話韻書系統內的「支辭」韻分化爲「衣期」和「支之」並由「支之」再進一步產生央化翹舌音[ɚ]；子變韻則是此項語音特徵是音節內的子尾和前字音節合爲一個音節，聲調不起變化，主要在韻母部分產生變化，子變韻主要關涉的原理是古韻「之幽」兩部通押的語音現象，藉由「之幽」兩部的通押使產生子變韻後，其韻母轉

換爲圓唇音[o]或[u]，進而使韻母圓唇化；此外，受到韻母央化及韻母等第影響，止攝三等易朝向擦音和塞擦音的游離現象發展。

（4）前高化介音[-i-]：前高化介音[-i-]影響聲母，產生舌根和舌尖前塞擦音和舌尖前塞音之顎化作用，同時也促使唇音形成顎化現象；透過前高化介音[-i-]往後高化介音[-u-]演變，進而形成圓唇化及非唇化之唇化現象。

白語韻母的歷史層次演變主要在上古層、唐宋層及漢語干擾層內進行演變，上古層部分主要呈現的韻母系統，重新構擬界定如下表 7-1-1 所示：

表 7-1-1 　早期白語韻母系統

元音	[*i] （脂／眞部）	[*e] （支／耕部）	[*a] （魚／陽部）	[*ɯ] （之／蒸部）	[*o] （侯／東部）	[*u] （幽／終部）
韻尾	-i	-u	-m	-n	-ŋ	-p	-t	-k
說明	前高化	後高化	弱化脫落後使元音具鼻化現象和口音化特徵		脫落整併入陰聲韻	

（表格註：早期白語韻母六大單元音系統，其擬音採取王力說法爲主）

白語整體語音系統內具有許多語音變化，筆者將之定論爲三種音變：第一主體層次的自身語音演變、第二非主體層的條件式音變，此種條件式音變亦包含地域音變現象，第三特殊條件式音變之漢語滲透層音變，由於白語在陽聲 9 韻攝因鼻音韻尾弱化脫落，使其單元音格局進行調整，受到元音推鏈作用影響，以[-a-]爲源頭持續依其語音現象往前高化或後高化發展。主要合流大致原則分三點說明，相關細部的演變規律，詳見本文第四章對白語韻母層次演變的分析說明。

（1）白語深攝、臻攝和梗曾攝等四韻攝的語音併合現象：深攝和臻攝兩攝主要以前高化元音[i]爲主要元音音讀表現；曾梗兩攝主要有兩種語音演變現象：一類爲合流果假攝的[o]及其高化[u]爲音讀，一類則爲合流深攝和臻攝以前高化元音[i]爲音讀的語音表現現象；因此，白語深攝、臻攝、曾梗攝的語音合流現象，其主元音主要以[i]和[o]及其高化[u]爲主，韻尾表現則以元音鼻化之鼻化韻爲主。

（2）舌根音[-ŋ]通攝部分，由於通攝鼻音韻尾的併合，並未在雙唇鼻音[-m]韻尾和舌尖鼻音[-n]韻尾的範圍內，通攝的語音合流現象是與曾梗攝相同，主要以合流於果假攝的[o]元音爲主元音，而在近代時期約莫元代《中原音韻》

時期，通攝與曾梗攝便形成合流的語音演變現象，宕江攝於鼻音韻尾脫落的演變過程內，亦朝向果假攝的主元音系統發展；此外，在咸山攝部分，其演變路徑主要以合流於果假攝的[a]元音爲主元音，並以前高化元音[i]爲語音接觸演變後的主元音系統。由此可知，白語陽聲韻的省併主要依循兩條演變路徑：「深攝→臻攝→曾／梗攝」一類，以前化和高化元音[-i-]展開演變；「咸山攝→通攝→宕／江攝」一類，則以省併韻尾後的主要元音[-a-]展開演變，朝向陰聲韻「果假攝」一路進行發展，特別是通攝一類，其元音演變又受到漢語借詞的接觸影響而成。

（3）陽聲韻整併後之陰陽對轉：主要說明在韻讀系統內本屬陰聲韻讀詞例，卻讀爲具有帶鼻音成分的陽聲韻；本屬陽聲韻讀詞例，卻讀爲不具有帶鼻音成分的陰聲韻；主要以陽轉陰的語音現象屬普遍的語音表現，陰轉陽的語音現象較罕見。如此一來，白語韻母系統在整併後的單元音語音格局系統內，受元音高化及後化影響發展，在漢語干擾層的影響下，產生裂化作用，形成單元音複元音化。

白語在陰聲韻方面，主要依循「果／假攝→遇攝→蟹攝→流攝和效攝」的演變脈絡進行，此條白語陰聲韻演變路徑，主要受到[-i]韻尾音位的脫落而展開。換言之，[-i]韻尾音位的脫落便是促使果攝、假攝和遇攝的形成，也由於果攝、假攝和遇攝的形成，在語音演變的過程中，又間接促使蟹攝、流攝及效攝的生成，再者，語音的合流作用對於白語陰聲韻的開展亦有相當影響性。

從上古六大元音系統觀察可知，白語陰聲韻主要從低元音[-a-]展開發展，受到語音合流作用影響，上古屬[-a-]的歌部和魚部，選擇以重新分化來解決白語「重新分配韻部」後產生的一字多音或多字同音的語音現況，在分化潮流下，歌部[-a-]分成三條語音主線進行分化：

（1）第一條主線的歌部和微部字：歌部和微部字合併爲主元音[a]，並先後化爲[ɑ]，再逐步高化爲[o]甚至是[u]的果攝。

（2）第二條主線的歌部和魚部字：歌部和魚部字較爲複雜，不僅合流形成假攝，由於語音演變相同相近之因，使得果攝與假攝又產生合併形成果假合攝的語音現象，當中部分歌部和魚部字又形成遇攝，亦即果攝高化後的[ɔ]>[o]>[u]的語音後高化的鏈移推動發展路線。

（3）第三條主線的歌部與支／脂兩部：歌部與支／脂兩部的部分字合流，形成中古時期止攝的支脂韻，簡言之即是高化後化的[u]再進一步前化發展形成[i]音類。

由於果攝低元音[a]音值在語音演變的發展過程中，受到裂化作用影響而形成複元音[ai]的音值現象，與蟹攝的語音發展關係密切，連帶亦牽動著流攝和效攝的語音鏈發展。

經由歷史層次分析過程可知，白語整體語音結構內的聲母演變相當複雜，相較之下在韻母部分，從上古時期即與古漢語具有相類同的六大元音系統，至中古時期受漢語借詞語音現象影響，韻母於韻尾不分入聲韻和陽聲韻，皆雙雙弱化脫落歸併於陰聲韻內，此爲第一度的韻尾整併；再者，於近現代語音時期特別是近代民家語時期，白語受到所處語言環境——西南官話影響，在本悟本《韻略易通》韻書的「韻略」才能「易通」的宗旨下第二度進行韻母整併，將中古中晚期受漢語借詞音讀影響而產生的單元音，裂化爲複元音者，又受到自身語音系統影響，複元音又再次單元音化，遂形成白語語音結構內，韻母部分主要以單元音爲表現方式，已形成的複元音亦保留於韻母系統內，至現代漢語借詞又形成三合元音，透過漢語干擾層產生的元音裂化作用，在白語語音系統內形成單元音白讀層，與複元音文讀層之文白異讀現象。

五、白語聲調值類歷史層次語音演變總體概況

白語聲調的語流音變即屬於今音系統的共時狀態單音節單個調值，或雙音節字詞語音之組合，於連讀過程中所產生的變調音變模式，不涉及音節語音的歷史演變概況，是本族語音的自體內源性變化，並受實際語言環境即漢語接觸影響之外源性產生的語音條件制約調合啓發，自成白語聲調語系統的創新演變模式。因此，在聲調層次分析部分，白語聲調系統包含兩個方面的內容：第一白語歷時聲調系統，第二是白語共時聲調系統。

從共時的同度看，白語聲調基本分爲主調和次調兩個構成部分，即主體－滯古主流層和非主體非主流層。主調是白語聲調的核心，即白語聲調滯古層，受到聲母擦音送氣的條件影響，擦音送氣的音值現象所表示的聲調音值——[55]調、[44]調、[33]調和[31]調，與韻母鬆緊的條件影響，元音鬆緊的音值現象所表示的聲調音值——[55]調、[44]調、[42]調、[33]調和[21]調，由於

擦音送氣和元音鬆緊屬於白語滯古語音現象，在語音對應原則下，聲調值[55]調、[44]調、[33]調和[31]調實屬於白語聲調的基本核心滯古特徵，特別是[55]調，透過語源材料的對音概況發現，其音值亦有[55]濁調和[55]清調之別，更有將[55]調視爲白語聲調最滯古的現象，以最高調[66]調表示；較爲特殊者爲同歸屬於滯古聲調層的[44]調，此調由於承載豐富的漢源詞之借入後音讀，因此將[44]調歸入滯古和白語跨入中古時期的過渡聲調音值，同屬過渡聲調值類亦有[42]調和[21]調；時序進入近現代時期，在白語聲調值類受到漢語大量移植影響，形成新興的載體調值[35]調和[32]調，白語南部語源區另有以[24]調或[53]調表示漢語借詞調值，受到內源性音變影響所致，完整架構白語聲調歷時系統概況。

綜合而論，總結白語聲調的起源和發展，藉由內源和外源音變因素影響可知，帶動白語聲調系統發展的原因有三點：

（1）滯古聲母擦音送氣影響。

（2）韻母鬆緊引起。

（3）漢語借詞大量移植，爲區辨差異與調合方言本身的語音機制而新興。

將白語和漢語聲調對應比較可知，漢語聲調的歷時演變主要以調類爲主，調值屬於非主流；反觀白語聲調主要以調值爲主流、調類爲輔，依據漢語聲調區分的上古、中古、近古三階段分析白語聲調的歷史語音層次，歸納出以下八項語音現象結果：

（1）白語聲調從滯古上古層至近古層皆未分化出語支

（2）以調類區分白語，白語聲調仍分爲八調，受聲母清濁、韻母長短及元音鬆緊影響形成，南詔白蠻語時期形成的 ABCD 四調各一分爲二，唯陰陽之分平聲和入聲較明確，上聲和去聲較不顯著。

（3）白語滯古上古層時期的聲調調值現象，即「擦音送氣」和「鬆緊元音」所表現的滯古調值和調值的變相分韻，分別是[55]調、[33]調和[31]調。

（4）白語中古時期的聲調調值現象，主要表現爲滯古調值的演變分化，分別是[44]調、[42]調和[21]調，此三調值在白語聲調系統內屬於中介過渡調值層。

（5）白語近古時期的聲調調值現象，即是因應漢語借詞而新生的新興調

值，分別是[35]調和[32]調，屬於非主體層次的聲調調值表現。

（6）白語共時連讀變調和自由連讀變調，皆受到漢語漢源詞借入影響並調合白語本族語音自源性現象而產生。

（7）漢源詞借入後鏈動聲調值產生條件連讀變調，即變調構詞語音現象，主要以具有「去聲調值」的詞源容易形成語音變化，不僅在語義部分透過本義進一步轉變詞性引申出新義外，在聲母和韻母亦產生相當程度的改變，改變的同時也促使語法價數變化，使得「去聲變價」及「名－動相轉」的語音語義演變現象，成爲白語變調構詞的主要因素。

（8）在不造字爲造字的原則下，白語以同一語音表示多重意義，即以同一聲調值類表示不同語義之一音多義語音現象，使得聲調值類的音變受到聲母、韻母和語義引申的多源聚合影響。

雖然在不同方言及其內部各自轄屬的語源區內仍存在變異，但這些調值變異仍是透過基本滯古調值演變而來，即便是爲了承載漢語借詞而新興的聲調值皆是從基本調值內尋求相類者相應而生；白語歷時聲調系統就是白語各個層次發展階段的聲調研究，由於古代白語的文獻資料缺乏聲調研究的部分，因此，在確定共時的聲調核心調值時，只能將原始白語聲調系統整合後，結合其他藏緬語的語言材料相互對應，採用以今推古的方法予以確定。

統整本文第五章針對「白語聲調歷史層次分析」研究精華，筆者將就白語早期的聲調系統提出說明。白語聲調系統主要演變脈絡即以舒促兩調並與古漢語的平、上、去、入四聲相對應，因聲母濁音清音化後分化爲陰平聲和陽平聲並據此形成四聲八調，由於調值差異而產生四聲六調的聲調現象，主要在上聲和去聲部分，其陰、陽調之分並不如平聲和入聲顯著，依據白語滯古語音現象構擬早期白語聲調系統的調值狀況爲：55 調、44 調、33 調、31調、42 調及 21 調；由此觀察現代白語的聲調類別，已在四聲八調之舒促兩調上形成定論，差異在調值上，並能與古漢語的平、上、去、入四聲相對應；隨著聲母濁音清化分出陰調、陽調之別並依據自身語音系統實際現象而論，主要聲調類別爲六調，然而，白語實際在聲調類別部分主要以調值做爲對應概況。

白語聲調值類系統在歷史分層上主要分爲三項層次：上古時期滯古層、中古時期 A 層和中古時期 B 層（合爲中古時期層）、近現代語音層，在中古時期

A 層和中古時期 B 層部分，其時代變異性影響較之地域差異顯著，在白語聲調值類的層次系統內統一爲中古時期層，近現代語音層則是承接中古時期的時代變異後形成地域差異的結果，上古時期滯古層乃受到藏緬彝親族語特別是彝語支系語音進入白語族語區，受到非漢語音讀干擾所形成的古老滯古層次。這三項歷史層次的聲調值類呈現疊置現象，整合白語聲調值類的歷史層次及其歷史來源，重新構擬界定如下表 7-1-2 所示：

表 7-1-2　白語聲調值類系統與歷史來源對應

歷史來源	聲調值類層次系統	白語聲調值類現象
漢語借詞音讀混入	近現代語音層 漢語干擾	1. 近現代漢語借詞新興聲調值 　　調值：[35]、[32]。隨著語區不同在北部共興語區之文讀漢語借詞音讀出現[12]調對應，中南部語區例如漕澗白語出現[24]調對應、昆明出現[53]調對應、大理出現[34]調對應，屬於各語區針對漢語借詞的特殊例外聲調值類現象 2. 漢語借詞聲調混入各調值，以陰入聲混入古[42]調、陽入聲混入古[44]調具規律對應，其餘平聲普遍混入[55]調及其變體[44]、[33]調內，[55]調內又區分陰平聲和陽平聲，上聲和去聲混入[33]和[42] 3. 漢語借詞依中古四聲調值不成系統混入白語各聲調值類內
漢語借詞：唐宋通音	中古時期 B 層 唐宋語音：漢語干擾	緊元音鬆化影響鬆調值類出現
藏緬親族語	中古時期 A 層 非漢語干擾層	緊元音與擦音送氣調值重疊 此階段產生調值：[42]、[21]
藏緬親族語／彝語支系	上古滯古語音層 非漢語干擾層	上古滯古語音層：擦音送氣和緊元音調值疊置 調值：[55]、[44]、[33]和[31]
總說白語聲調概況	白語聲調值類方面追本溯源其白語的聲調類別可以與古漢語的平、上、去、入四聲相對應，並配合漢語借詞普遍以新興[35]和[32]調值爲基礎，隨著各語區自身語音特質因接觸干擾而調整變異，形成例如：中、南部語源區有新興承載漢語借詞[53]、[34]和[24]調、北部有[12]調及除了[55]調仍保有鬆緊調對立外，其他調值鬆緊調已趨向合流，更有甚者在南部語區昆明，其去聲調值具有如同漢語上聲調值之曲折調[214]調現象較之整體語區略有差異等相關調類變體現象。	

白語聲調值類層次系統複雜，上古滯古語音層實際是白語與藏緬彝親族語

之彝語支系，藉由白語聲母系統特殊的擦音送氣，透過接觸引發的音韻干擾繼而形成的古老滯古層，隨著白語和漢語深入接觸，不具備擦音送氣現象的漢語逐漸影響白語擦音送氣的聲母系統，使得擦音送氣與否在白語聲母系統趨向合併為不送氣為主，送氣僅保留在少數位處過渡語區，例如康福和辛屯等，但其所表現的聲調值類卻保留於白語調值系統內；藏緬親族語影響白語聲調部分仍有緊元音表現的緊調現象，除了古擦音送氣代表的調值仍舊表現緊調調值外，白語聲調因緊調形成[42]和[21]調，使得滯古調值層已然呈現兩層次的疊置，由於元音鬆緊在白語韻母系統內呈現對應，因此，調值緊調也具有與之相應的鬆調；各聲調值類的第三層則屬於承載漢語借詞調值，呈現未具系統性對應的混入現象，並以新興調值[35]和[32]調屬基本漢語借詞調值，再分別依據白語各方言分區的語音差異，各有其新興的調值現象做為承載漢語借詞調值之用，並依據各方言分區的語音差異又有主體層及非主體層即調類變體的疊置情況。

六、白語系屬定位看法

　　本文研究雖不以替白語系屬定位論這樁歷史公案為討論重點，然而，經由筆者深入分析，以「語音對應規律為主、語義為輔」的對應規律為研究法則，並配合歷史比較、歷史層次分析條例、內部分析法、系統性歸納法、方言比較法與內部擬測等方法，確認白語詞彙系統本源、漢源與借源來源，解構其主體層與非主體層的概念核心價值後，本文研究深切認為，白語的系統定位應當歸建於詞彙系統──漢藏語系「漢－白－彝語族」之「混合語系白語支」系統。

　　筆者定位理由在於：白語雖然自成族以來長期與漢語深入接觸，在漢源成分大量滲入白語區後，固然影響白語語音系統發生整體波動，進而導致語音系統格局產生重大變化，但白語卻沒有因此被漢語完全取代，透過研究發現，在聲母部分所反映出的語音變化，仍與漢語中古時期的韻圖等第不相符合，特別是舌齒音的複雜演變態勢，白語舌齒音的發展是由中古時期一、四等的端系展開演變發展，配合漢語的接觸調合，呈現出演變的過渡，也就是產生特殊的擦音游離現象，此外，白語透過分音詞的概念，保留了滯古－上古時期複輔音聲母的語音現象，形成「白＋白」、「白＋漢」或「漢＋白」的合璧詞彙語音現象，此外，擦音再度強烈以「送氣」的語音現象突顯其本已有之的送氣成分，聲母仍有少數清音濁化，亦是白語特殊的滯古－上古時期語音現象。

　　再者，白語語音系統演變呈現不平衡的現象，北部和中部、南部語區甚有不同，因白語滯古底層藏緬彝語，特別是彝語影響，在白語內部的本為三等卻為四等的重紐字，例如：詞例「編」、「偏」和「鹽」，特別在白語北部方言區的語音演變，呈現「雙唇塞音[p-]顎化為舌面前塞擦音[tɕ-]和舌尖前塞擦音[ts-]」現象，這是因為受到[-i-]介音及原聲聲唇音具有圓唇[-u-]音的影響而產生，又受到西南官話時期女國音影響，由舌面前往舌尖前塞擦音顎化發展，但此種顎化現象在中部及南部語區則不產生任何作用；在元音鏈動的原則下，其韻母的演變型態在西南官話韻書《韻略易通》的韻母重新省併的基礎上，以單元音脈絡持續發展，在韻母層次分析章節內，並有探討得知相關特殊的自體陰陽鼻化相轉及陰聲轉陽聲的對轉現象等，而歷來研究白語者及觀點雖多，但確實採用白語詞彙系統所反應出來的語音特徵進行說明，並配合歷史層次分析條例如實解析者卻微乎其微。因此，本文在豐富的白語研究上更深入逐層解析，突破前人僅說明理論，將白語詞彙和時代分層詳細區辨，以漢源為主展開層次討論，但各層間卻無法擺脫藏緬彝親族語的滯古底層演變痕跡，漢源為主、藏緬彝親族語為輔，將白語由整體到分區如實解析後，採取建立在詞彙系統上，且既不偏廢滯古（即彝語和藏緬語親族語）、亦體現時代潮流（漢語）的定位論——漢藏語系「漢－白－彝語族」之「混合語系白語支」系統，讓本文研究的分析得到如實體現，亦能統整白語語音反映的確實狀態。

貳、研究侷限

　　本文主要分析白語整體詞彙語音系統的歷史層次概況，並從分析的過程中重新思索語言接觸、層次與音變的交錯關聯性，在此研究的基礎上，仍有幾點應該繼續延伸探討的問題：

　　1. 本文階段性完成白語聲母、韻母及聲調值類的歷史層次分析，然而受限白語區內部複雜語源特性及隔步不同音的語音現象，在以探尋白語整體語音概況及完整呈現受漢語影響前的白語語音滯古層現象為前提下，本文依據白語內部方言分區及其下轄所屬之土語，在北、中、南三區內以語音具特殊過渡現象語區做為研究語源點，由過渡發現語音演變痕跡，並承上啟下逆推滯古語音現象及下啟現代白語語音面貌，語源點拓展不足之處，有待將來進一步深入記實，

以便使白語音韻的歷史層次分析更爲圓滿。

2. 本文研究主要以漢源詞爲語源材料，根據本文的初步研究，白語在音韻上具有成系統的漢語底層及非漢語底層表現，而此非漢語底層表現主要屬彝語，但由於本文研究核心爲漢語，針對彝語部分只進行粗淺的參照對應比較，將來應該增加對彝語歷史音韻的知識，繼續從語言接觸的觀點，更詳盡探究彝語對白語特別是滯古語音層部分的接觸機制，並與漢語部分相結合，據此推溯更深廣的白語歷史音韻的發展與演變，甚至擴展至白語構詞系統與語法句型系統的層次演變現象。

3. 層次與音變對於白語語音演變而言是具有必然的關聯性，基於此理及語言系統本爲有機體的前提下，本文首先依據白語歷史概況將其視爲有機整體進行探究，隨著時代演進和地理區域差異，各區白語族接觸漢語的深淺與詞彙音義接受的不同程度形成方言分區狀況，因應此種語音差異，白語特別在韻母及聲調值類方面形成相當程度的動盪，究此於韻母和聲調值類的層次分析肇始，遂在整體研究的基礎上，依據各方言點之語音現象深入分析。本文研究認爲白語與漢語接觸融合的過程，乃是一種將本不屬於語言本質成分的異質屬性有序化的演變現象，此種有序化的演變現象更是誘發層次競爭以形成語音演變的關鍵因素。將來對於白語的進一步研究，在本文針對白語歷史層次分析的成果基礎上，具體觀察白語各語區內層次互動的實際情形，探究形成各語區音變分化及形成層次競爭的動因。

歷史層次分析研究的首要執行重點即是將「歷史音變」和「語言接觸性演變」所形成的底層干擾及借用干擾等重要的語言現象緊密結合，也因爲兩者的密切關聯，使得在研究的過程中，得以透過語音和語義的深層對應規律，了解語言發展過程中的複雜音變現象及誘發形成音變的動因。

讓白語語料如實給予自己的系屬歸途定位，是本文研究白語歷史層次演變除了完整論述白語整體語音概況外，另一項不可避免要提出看法的問題點。

筆者根據研究的結果提出看法：白語在滯古語音層確實受有藏緬彝語親族語特別是彝語的影響，由滯古語音之特殊擦音送氣來源、聲調值類及小舌音系列即可得到論證；然而，隨著中古時期南詔大理時期及隨後西南官話民家語時期，白族與漢族的深入接觸影響，漢語的移借量甚至是同源性較之藏緬彝語親族語，已然成爲誘發白語整體詞彙語音系統產生變化的關鍵因素，除了漢語及

藏緬彝語親族語在白語內屬主流的接觸來源外，諸如侗臺語、苗瑤語等非主流的接觸來源，對於白語整體語音概況仍有其影響作用；再者，白語內部依語音差異區分為三方言分區，並根據內部語音主流及非主流語音差別，各區又再分出二種土語，在主流土語下又細分出數種非主流語音，形成隔步不同音甚至同屬白語族人彼此使用母語交流卻無法溝通的語音異狀；除此之外，白語詞彙語音系統層次具多重疊置及一詞數源的特殊現象，種種語音結果皆顯示若侷限於理論而將白語立於彝、漢內，便流於顧此失彼且為了論證人為立場之研究困境。因此，本文研究的看法是突破理論限制，讓語言實際概況自己說話，將白語定位於漢藏語系「漢－白－彝語族」之「混合語系白語支」系統，如此才能更全面且以客觀角度系統性確實探尋白語語音史。

　　本文主要針對白語漢源屬性詞彙進行歷史層次分析研究，主要從前人所未重視且詳細區辨的詞源屬性之層次展開研究，並從詞彙反應的音韻現象，分析相關的歷史層次音變概況，針對詞彙結構內的語法層次部分，因本文研究主題之故，設定查核的語料主要以詞為單位著手調查，並以詞彙的語義做為輔助調查重點，對於長篇語料的搜集量較為不足，然而，詞彙四屬性——形、音、義、法源為一體，語法部分的層次研究，是除了語音層次外另一項探討的焦點，因此，本文對語法部分的分析，僅略微針對其有關於語音演變方面的探討說明，並未細究分析，在語言接觸下，漢語對於白語語法層次部分的影響。

參、研究展望

　　探白語根「源」，溯及詞彙古本義及歷史層次源流；究白漢因語言接觸而「重」整歸併與疊置，在主體和非主體語音層的基礎上，體現在本族底層語音層－民族語底層－雙語層－語言轉用層的細部接觸演變現象，是本文研究重心與宗旨。

　　因此，除了上述提及的數項內容外，筆者在研究的過程中亦發現，屬於少數民族語言且使漢語深入接觸融合的白語，卻罕見如同藏語、維吾爾語及蒙古語、呂蘇語、粵語，甚至滯古底層語音層影響之彝語般，開發相關的語言資源管理平台進行白語合成語音及文獻保存工作，甚為白語研究之不足處。

　　有鑑於此，筆者雖然採用傳統的 Excel 和 Access 程試建構分析研究所需的語料，於此同時，亦查閱諸多關於如何保存此種像白語具備「類瀕危」語言現

象的方法，在不純熟的概念下，筆者在相關的研究資料基礎上，構思規劃建構「白語語料庫語言資源管理平台」之白語典藏技術的基礎性工程，包括口語之語音合成庫及書面語之文獻典籍資源庫；建置的出發點，除了是爲個人的研究服務外，也是爲系統地保存受到漢語深度影響而近乎「類瀕危」的白語，留存白語這「類瀕危」語言的生命力與地方文化〔註1〕，更進一步對其學習與探討，提供廣大語言研究者語料資源，不僅如此，既然本文研究以白語漢源詞爲出發點，白語內部又有漢源歸化詞一類，如此顯示，白語雖受漢語深度的接觸影響，但同中仍有異，由此亦能設計一種「白漢電子翻譯詞典」，提供白語研究者克服內部語源點繁複且「隔步不同音」的語音異象屬性，便於掌握白語三語區的不同語音現象。

再者，根據研究顯示，白語族致力推動白語維護計畫，即如同華語教學之白語區三語教學計畫。白語族自成族以來長時期受到漢語的接觸深化，發展至今日，白族文化在根源已受到外來文化的衝擊，年輕輩對白族文化不感興趣，耆老又逐漸凋零，沒有語言的白族文化出現傳承危機，調查過程輾轉得知白語區三語教學計畫，即指少數民族母語教育、少數民族漢語教育及少數民族英語教育，然而，白語雖然是本族民族語，但是，在當前的教育體制下，白語成爲白語族社會口語及書面交際語之弱勢語言，也就是所謂的「類瀕危」語言，受到社會政經競爭因素影響，漢語以強勢語言之態侵入白語族，使得白族民族語受到漢語接觸融合影響深遠，如此也使得白語族人在學習的過程中，形成白、漢語言符碼轉換和語言選擇的認同矛盾；基於此項原因及筆者長期研究華語教學之故，因此初略研擬建置白語教學用之教學語料庫，亦即「自建小型白語教學語料庫」，主要距焦於「主題式」語料庫範圍，以學校教學教材爲中心做爲語料來源，以便與白語典籍文獻有所區隔，主要受惠群眾設定爲非白語族的白語

〔註1〕本文此處將白語列爲「類瀕危」語言現象的語言，其重在「類」字，是因爲白語並未如同聯合國教科文組織的定義：「當母語人停止說自己的母語，或者是在各個領域中對母語說得越來越少，並且不將其傳遞給後代的時候，這種語言就被稱爲瀕危語言。」（徐世璇：〈我國瀕危語言研究的歷程和前景〉《西北民族大學學報（哲學社會科學版）》第 1 期（2015 年），頁 83～90。筆者根據研究資料認爲，白語雖然與漢語深度接觸，但在白語族內，白語仍屬於自身的母語系統，仍在口語交際內使用，與漢語並列爲通用語言，由於受到漢語的接觸影響，使得原始滯古白語的語音現象瀕危，故稱之爲「類瀕危」語言。

學習者，及身爲白族卻因強勢語言——漢語入侵必需學習漢語以獲得社經地位的學習者，希望在基礎階段開始培養學習者「字－詞－詞組」意識，提高學習者的言語能力，興許藉由語料庫的開拓，除了維護類瀕危白語非物質文化的口語文獻保存外，也得以輔助白語母語學習者及非白語之語文愛好研究者，提高對於白語語音詞彙系統的學習效益，改善白語族因漢語接觸深化而日漸遺失的本族文化特徵。

　　由於本次研究調查時間及能力有限，調查材料之外，亦參考相關調查方言報告做爲查核輔助，筆者期許未來能更深入尋訪白語更多語源區，不僅對於語音層次未盡部分能再次完善補充，針對白語語法及白語族之漢白第二外語教學問題，能有更深入的描述與解析；再者，本文針對類瀕危的白語言語料，初步構思規畫的「白語語音合成語料庫」、「白－漢電子機器翻譯詞典」及依據教學所需所設定的「主題語料庫——自建小型白語教學語料庫」，並且已著手撰擬構寫《白語與古漢語同源詞典》、《白語詞族研究》、《白漢關係詞研究》等專書，特別是白漢語音和教學語料庫及翻譯詞典部分，仍是草創構擬階段，此部分需要投入更大的精神與程式的研發，這部分都是筆者需要進一步深入探討學習的部分，有待日後能更細究鑽研相關的程式語言，將概念缺失部分予以修正，針對語法的層次部分亦能更臻於完善的分析探討。

參考書目

一、古籍專書：依時代先後排列

1. 〔漢〕許慎撰：《說文解字》，臺北：蘭臺書局，1972。
2. 〔唐〕樊綽著：《蠻書》，收錄於明《永樂大典》及清《四庫全書》內，採用版本爲民國向達校注版本，《蠻書校注》，北京：中華書局，1962。
3. 〔宋〕陳彭年：《宋本廣韻》，北京：中國書局，1982。
4. 〔宋〕丁度：《集韻》，北京：中國書局，1983。
5. 〔元〕李京著：《雲南志略》，採用版本爲民國王叔武重新總集編校本，《大理行記校注雲南志略輯校》，昆明：雲南民族出版社，1989。
6. 〔元〕周德清：《中原音韻》，採用版本爲《四庫全書》文淵閣影本第 1496 冊。
7. 〔明〕樂韶鳳：《洪武正韻》，採用版本爲《四庫全書》文淵閣影本第 239 冊。
8. 〔明〕蘭茂：《韻略易通》，收於《韻略易通·韻略匯通合訂影本》清康熙癸卯年李棠馥本，臺北：廣文書局，1972。
9. 〔明〕本悟：《韻略易通》，採用版本爲《雲南叢書》本。
10. 〔清〕段玉裁：《說文解字注》，上海：上海古籍出版社，1981。
11. 〔清〕桂馥：《說文解字義證》，濟南：齊魯書社，1987。

二、近現代專書：先依編著者首字筆畫排列，次依編著專著年代先後排列

1. 丁樹聲、李榮主編，《古今字音對照手冊》，北京：中華書局，1981。
2. 丁鋒，《日漢琉漢對音與明清官話音研究》，北京：中華書局，2008。

3. 大理白族自治州文化局。

4. 丁鋒,《白族民間故事選（中國少數民族民間文學叢書·故事大系）》,上海：上海文藝出版社,1984。

5. 丁鋒,《雲南白族民歌選》,昆明：雲南人民出版社,1984。

6. 大理白族自治州概況修訂本編寫組。

7. 丁鋒,《雲南：大理白族自治州概況》,北京：民族出版社,2007。

8. 丁鋒,《大理白族自治州志》,昆明：雲南人民出版社,1998。

9. 中國科學院民族研究所雲南民族調查組,《雲南省白族社會歷史調查報告（白族調查資料之一、二、三）》,北京：中國科學院民族研究所雲南民族調查組,1963。

10. 中國社會科學院,《方言調查字表》,北京：商務印書館,1988。

11. 中國社會科學院語言研究所,《中國語言地圖集》,北京：商務印書館,2012。

12. 中國大百科全書出版社編輯部（編）,《中國大百科全書·語言文字卷》,北京：中國大百科全書出版社,1988。

13. 王力,《漢語史稿》,北京：中華書局,1980。

14. 王力,《同源字典》,北京：商務印書館,1982。

15. 王力,《漢語語音史》,北京：中國社會科學出版社,1985。

16. 王輔世、毛宗武,《苗瑤語古音構擬》,北京：中國社會科學出版社,1995。

17. 王洪君,《漢語非線性音系學（增定版）》,北京：北京大學出版社,2008。

18. 王洪君,《歷史語言學方法論與漢語方言音韻史個案研究》,北京：商務印書館,2014。

19. 王福堂,《漢語方言語音的演變和層次》,北京：語文出版社,2005。

20. 王鋒,《白語大理方言中漢語關係詞的聲母系統》,昆明：雲南民族出版社,2011。

21. 王鋒,《昆明西山沙朗白語研究》,北京：中國社會科學出版社,2012。

22. 王鋒,《白語語法標注文本》,北京：社會科學文獻出版社,2016。

23. 王鋒等編,《白語研究論文集》,上海：中西書局,2013。

24. 方國瑜,《中國西南歷史地理考釋（上）》,北京：中華書局,1987。

25. 方欣欣,《語言接觸三段兩合論》,武漢：華中師範大學出版社,2008。

26. 方利芬,《玉溪白族撒都話系屬研究》,昆明：雲南大學中國少數民族語言文學,2013。

27. 木芹,《雲南志補注》,昆明：雲南人民出版社,1995。

28. 北京大學中國語言文學系語言學教學室,《漢語方言詞匯》,北京：語文出版社,1995。

29. 白族簡史編寫組,《白族簡史》,北京：中央民族大學出版社,2005。

30. 全廣鎮,《漢藏語同源詞綜探》,臺北：臺灣學生書局,1996。

31. 李家瑞等編著,《雲南白族的起源和形成論文集》,昆明：雲南人民出版社,1957。

32. 李方桂,《上古音研究》,北京:商務印書館,1980。

33. 李新魁,《漢語等韻學》,北京:中華書局,1983。

34. 李纘緒、楊亮才,《白族民間敘事詩集》,北京:中國民間文藝出版社,1984。

35. 李纘緒、楊亮才,《白族文學史略》,昆明:中國民間文藝出版社,1984。

36. 李纘緒、楊亮才,《白族文化》,長春:吉林教育出版社,1991。

37. 李如龍,《漢語方言的比較研究》,北京:商務印書館,2002。

38. 李如龍,《漢語方言學(第二版)》,北京:高等教育出版社,2007。

39. 李福印,《認知語言學概論》,北京:北京大學出版社,2008。

40. 杜秉鈞,《白語漢詞考釋》昆明:雲南人民出版社,2009。

41. 杜佳倫,《閩語歷史層次分析與相關音變探討》,上海:中西書局,2014。

42. 汪鋒,《語言接觸與語言比較—以白語為例》,北京:商務印書館,2012。

43. 汪鋒,《漢藏語言比較的方法與實踐—漢、白、彝比較研究》,北京:北京大學出版社,2013。

44. 邢公畹,《侗臺語比較手冊》,北京:商務印書館,1999。

45. 孟蓬生,《上古漢語同源詞語音關係研究》,北京:北京師範大學出版社,2001。

46. 周鐘嶽等編著,《新纂雲南通志(卷66-67方言考)》,昆明:雲南人民出版社,2007。

47. 竺家寧,《聲韻學》,臺北:五南圖書股份有限公司,2008。

48. 吳積才等編著,《雲南漢語方言志》,昆明:雲南人民出版社,1989。

49. 吳安其,《漢藏語同源詞研究》,北京:中央民族大學出版社,2002。

50. 林超民,《林超民文集》,昆明:雲南人民出版社,2008。

51. 侍建國,《歷史語言學:方音比較與層次》,北京:中國社會科學出版社,2011。

52. 施向東,《漢語和藏語同源體系的比較研究》,北京:華語教學出版社,2000。

53. 侯精一主編,《現代漢語方言通論》,上海:上海教育出版社,2002。

54. 袁焱,《語言接觸與語言演變:阿昌語個案調查研究》,北京:民族出版社,2001。

55. 袁明軍,《漢白語調查研究(當代語言學論叢)》,北京:中國文史出版社,2006。

56. 段伶,《大理白族自治州志·白語》,昆明:雲南大學出版社,2000。

57. 俞敏,《俞敏語言學論文集》,北京:商務印書館,1999。

58. 胡明揚,《語言學概論》,北京:語文出版社,2000。

59. 班弨,《論漢語中的台語底層》,北京:民族出版社,2006。

60. 馬曜,《雲南各族古代史略》,昆明:雲南人民出版社,1977。

61. 馬學良,《漢藏語概論》,北京:民族出版社,2003。

62. 高本漢著、聶鴻音等譯,《中上古漢語音韻綱要》,濟南:齊魯書社,1987。

63. 高本漢著、潘悟云等譯,《漢文典》(修訂本),上海:上海辭書出版社,1997。

64. 高名凱,《語言論》,北京:商務印書館,1995。

65. 唐作藩，《漢語音韻學常識》，上海：上海教育出版社，2005。

66. 孫玉文，《漢語變調構詞研究》，北京：商務印書館，2007。

67. 徐琳，《白語話語材料》，北京：民族出版社，1984。

68. 徐琳，《白語語音系統》，北京：中國社會科學出版社，1991。

69. 徐琳，《大理叢書5：白語篇》，昆明：雲南民族出版社，2008。

70. 徐琳、趙衍蓀，《白語簡志》，北京：民族出版社，1984。

71. 徐琳、趙衍蓀，《白漢詞典》，成都：四川民族出版社，1996。

72. 徐通鏘，《歷史語言學》，北京：商務印書館，1991。

73. 姚榮松，《上古漢語同源詞研究》，臺北：花木蘭出版社，2014。

74. 姚榮松，《古代漢語詞源研究論衡》，臺北：學生書局，2015。

75. 耿振生，《明清等韻學通論》，北京：語文出版社，1992。

76. 殷寄明，《漢語同源字詞叢考》，上海：東方出版社，2007。

77. 殷寄明，《漢語同源詞大典》，上海：復旦大學出版社，2018。

78. 陳保亞，《語言接觸與語言聯盟》，北京：語言出版社，1996。

79. 陳長祚，《雲南漢語方音學史》昆明：雲南大學出版社，2007。

80. 陳士林、邊仕明、李秀清等編著，《彝語簡志》，北京：民族出版社，1982。

81. 董同龢，《上古音韻表稿》，《中央研究院歷史語言研究所集刊第十八本》，臺灣：商務印書館，1948。

82. 曹志耘，《南部吳語語音研究》，北京：商務印書館，2002。

83. 梁敏、張均如編著，《侗台語概論》，北京：中國社會科學出版社，1993。

84. 黃布凡主編，《藏緬語族語言詞彙》，北京：中央民族學院出版社，1992。

85. 黃易青，《上古漢語同源詞意義系統研究》，北京：商務印書館，2007。

86. 彭建國，《湘語音韻歷史層次研究》，長沙：湖南大學出版社，2010。

87. 馮英、辜夕娟，《漢語義類詞群的語義範疇及隱喻認知研究（三）》，北京：北京語言大學出版社，2011。

88. 葉寶奎，《明清官話音系》，廈門：廈門大學出版社，2001。

89. 張旭，《白族四千年》收錄於《大理白族史探索》，昆明：雲南人民出版社，1990。

90. 張華文等編著，《昆明方言詞典》，昆明：雲南教育出版社，1997。

91. 張玉來，《韻略易通研究》，天津：天津古籍出版社，1999。

92. 張錫祿，《中國白族白文文獻釋讀》，桂林：廣西師範大學出版社，2011。

93. 張興權，《接觸語言學》，北京：商務印書館，2013。

94. 楊時逢，《雲南方言調查報告》，臺北：中央研究院歷史語言所出版，1969。

95. 楊立權，《白語的發生學研究：白語的歷史層次分析和異源層次的同質化機制》，昆明：雲南教育出版社，2007。

96. 楊文輝，《白語與白族歷史文化研究》，昆明：雲南大學出版社，2009。

97. 游汝杰、鄒嘉彥，《語言接觸論集》，上海：上海教育出版社，2004。

98. 游汝杰、鄒嘉彥，《社會語言學教程》，上海：復旦大學出版社，2007。

99. 趙憩之，《等韻源流》，台北：文史哲出版社，1957（1985 再版）。

100. 趙晏清等主編，《白族歷代詩詞選》，昆明：雲南民族出版社，1993。

101. 趙寅松主編，《白族研究百年》套書第一、二、三、四輯共四輯，昆明：雲南民族出版社，2007。

102. 趙燕珍，《趙莊白語參考語法》，北京：中國社會科學出版社，2012。

103. 龍宇純，《韻鏡校注》，台北：藝文印書館，1989。

104. 龍中，《雲南民族史》，昆明：雲南人民出版社，1994。

105. 羅常培，《唐五代西北方音》，北京：科學出版社，1961。

106. 羅常培，《羅常培語言學論文選集》，臺北：九思出版社，1978。

107. 錢曾怡，《漢語官話方言研究》，濟南：齊魯書社，2010。

108. 駢宇騫、王鐵柱主編：《語言文字詞典》，北京：學苑出版社，1999。

109. 戴慶廈主編，《漢語與少數民族語言關系概論》，北京：中央民族大學出版社，1992。

110. 戴慶廈主編，《二十世紀的中國少數民族語言研究》，太原：書海出版社，1998。

111. 戴慶廈主編，《漢語與少數民族語言語法比較》，北京：民族出版社，2006。

112. 龔煌城，《漢藏語研究論文集》，臺北：中央研究院語言學研究所出版，2002。

113. 龔群虎，《漢泰關係詞的時間層次》，上海：復旦大學出版社，2002。

114. 藏緬語語音和詞彙編寫組編著，《藏緬語語音和詞彙》，北京：中國社會科學出版社，1991。

115. 不詳，《中國少數民族簡況（彝族／白族／哈尼族／拉祜族／納西族）》，北京：中央民族學院研究室，1974。

三、學位論文

1. 〔日〕謙一郎，《白族的形成及其對周圍民族的影響》，昆明：雲南大學歷史所博士論文，1957。

2. 王懷榕，《茶洞語的漢語借詞研究》，北京：中央民族大學少數民族語言文學所博士論文，2010。

3. 王艷紅，《苗語漢借詞與苗漢關係詞研究》，上海：復旦大學語言文學所博士論文，2013。

4. 牟成剛，《西南官話音韻研究》，廣州：中山大學語言文學所博士論文，2012。

5. 阮越雄，《越南語漢源詞研究史》，長沙：湖南師範大學語言文學所博士論文，2014。

6. 李霞，《西南官話語音研究》，上海：上海師範大學語言文學所碩士論文，2004。

7. 李義祝，《雲南鶴慶漢語方言和白語的語言接觸研究》，昆明：雲南師範大學語言文學所碩士論文，2012。

8. 李賢王，《漕澗白語語音研究》，南寧：廣西民族大學語言文學所碩士論文，2013。

9. 吳姍姍，《介音的演變模式對聲母的影響》，溫州：溫州大學語言文學所碩士論文，2013。

10. 吳平歡，《侗語小舌音研究》，南寧：廣西民族大學語言文學所碩士論文，2013。

11. 周晏篾，《龍宇純之上古音研究》，彰化：國立彰化師範大學國文所碩士論文，2011。

12. 洪惟仁，《音變的動機與方向：漳泉競爭與臺灣普通腔的形成》，新竹：國立清華大學語言所博士論文，2003。

13. 董文菲《洱海周邊地區白語方言土語對比研究》，昆明：雲南師範大學語言文學所碩士論文，2013。

14. 咸蔓雪，《漢語越南語關係語素歷史層次分析》，北京：清華語言學研究所博士論文，2016。

15. 黃冬琴，《諾鄧白語語音研究》，昆明：雲南師範大學語言文學所碩士論文，2013。

16. 陳希，《雲南官話音系源流研究》，天津：南開大學語言文學所博士論文，2013。

17. 楊曉霞，《白語送氣擦音研究》，昆明：雲南師範大學語言文學所碩士論文，2007。

18. 趙義平，《白語劍川方言與彝語涼山方言四音格的比較研究》，昆明：雲南大學語言文學所碩士論文，2001。

19. 趙新亞，《[pf]組聲母研究》，西安：陝西師範大學語言文學所碩士論文，2010。

20. 趙金燦，《雲南鶴慶白語研究》，北京：中央民族大學語言文學所博士論文，2010。

21. 劉聰，《中國白語研究史回顧》，昆明：雲南大學語言文學所碩士論文，2012。

22. 戴黎剛，《閩語的歷史層次及其演變》，上海：復旦大學語言文學所博士論文，2005。

四、單篇論文

1. 丁邦新，〈漢藏語研究歷史回顧〉和〈漢藏語研究的方法論探索〉，此二文收錄於丁邦新、孫宏開主編：《漢藏語同源詞研究》第一、第三輯，南寧：廣西民族出版社，2000 和 2004。

2. 丁邦新，〈漢語方言層次的特點〉，此文收錄於丁邦新主編：《歷史層次與方言研究》，上海：上海教育出版社，2007。

3. 丁邦新，〈漢藏系語言研究法的檢討〉，此文收錄於丁邦新主編：《中國語言學論文集》，北京：中華書局，2008。

4. 千葉謙悟，〈華音捷徑音節表〉，《中國語學研究》開篇第 26 期，2007。

5. 王禮賢，〈見匣兩母古通說〉，《醫古文知識》第 1 期，1994。

6. 王賢海，〈國內幾種少數民族語言擦音送氣實驗研究〉，《民族語文》第 13 期，1998。

7. 王正華，〈拉祜語共時音變研究〉，《雲南民族大學學報（哲學社會科學版）》第 21

卷第 1 期，2004。

8. 王鋒，〈白族語言文字研究的重要議題及展望〉，《大理文化》，2005，另收錄於《大理民族文化研究論叢・第 5 輯》，北京：民族出版社，2006。

9. 王鋒，〈從白語的發展看語言接觸的兩種形式〉，《大理文化》，2005，另收錄於《大理民族文化研究論叢・第 5 輯》，北京：民族出版社，2006。

10. 王鋒，〈試論白語的否定詞和否定表達形式〉，《大理學院學報（社會科學版）》第 7 期，2006。

11. 王士元，〈詞彙擴散理論：回顧和前瞻〉，收錄於《中國語言學論叢》第 1 輯，北京：北京語言文化大學出版社，1997。

12. 王士元，〈語言是一個複雜適應系統〉，《北京清華大學學報（哲學社會科學版）》，第 21 期，2006。

13. 王洪君，〈文白異讀與疊置式音變〉，收錄於丁邦新主編：《歷史層次與方言研究》，上海：上海教育出版社，2007。

14. 王洪君，〈歷史比較和語言接觸理論與漢語方言的層次和分類研究〉，收錄於《當代語言學和漢語研究》，北京：商務印書館，2008。

15. 王洪君，〈語言的層面與『字本位』的不同層面〉，《語言教學與研究》第 3 期，2008。

16. 王洪君，〈兼顧演變、推平和層次的漢語方言歷史關係模型〉，《方言》第 3 期，2009。

17. 王洪君，〈層次與斷階——疊置式音變與擴散式音變的交叉與區別〉，《中國語文》第 2 期，2010。

18. 王福堂，〈文白異讀與層次區分〉《語言研究》第 29 卷第 1 期，2009。

19. 王福堂，〈方言本字考證說略〉收錄於《漢語方言論集》，北京：商務印書館，2010。

20. 王双成和陳忠敏，〈安多藏語送氣擦音的實驗研究〉，《民族語文》第 2 期，2010。

21. 王麗梅，〈白語的擬聲現象初探〉，《高等函授學報（哲學社會科學版）》第 2 期，2012。

22. 石鐘建，〈大理明代墓碑的歷史價值〉，《中南民族學院學報》第 2 期，1993。

23. 朱曉農，〈漢語母音的高頂出位〉，《中國語文》第 5 期，2004。

24. 朱曉農，〈唇音齒齦化和重紐四等〉，《語言研究》第 3 期，2004。

25. 朱曉農，〈母音大轉移和元音高化鏈移〉，《民族語文》第 1 期，2005。

26. 汪榮寶，〈歌戈魚虞古讀考〉，《國學季刊》第 1 卷第 2 號，1923。

27. 沙加爾和徐世璇，〈哈尼語中漢語借詞的歷史層次〉，《中國語文》第 1 期，2002。

28. 汪鋒，〈白語方言中特殊發聲類型的來源與演變〉，《漢藏語學報》第 1 期，2004。

29. 汪鋒，〈白語中的送氣擦音來源〉，《民族語文》第 2 期，2006。

30. 吳福祥，〈關於語言接觸引發的演變〉，《民族語文》第 2 期，2007。

31. 吳安其，〈溫州方言的壯侗語底層初探〉，《民族語文》第 4 期，1986。

32. 吳安其，〈漢藏語同源問題研究〉，《民族語文》，第 2 期，1996。

33. 吳安其，〈藏緬語的分類和白語的歸屬〉，《民族語文》第 1 期，2000。

34. 吳安其，〈白語的語音和歸屬〉，《民族語文》第 4 期，2009。

35. 李永燧，〈彞緬語唇舌音聲母研究〉，《民族語文》第 3 期，1989。

36. 李紹尼，〈白語基數詞與漢語、藏緬語關係初探〉，《中央民族學院學報》第 1 期，1992。

37. 李紹尼，〈論白語的「聲門混合擠擦音」〉，《民族語文》第 4 期，1992。

38. 李紹尼、奚興燦，〈鶴慶白語的送氣擦音〉，《中央民族大學學報》第 2 期，1997。

39. 李紹尼、艾杰瑞，〈雲南劍川白語音質和音調類型：電腦語音實驗報告〉，《民族語文》第 3 期，2000。

40. 李紹尼、艾杰瑞、艾思麟，〈論彞語、白語的音質和勺會厭肌帶的關係：喉鏡案例研究〉，《民族語文》第 4 期，2000。

41. 李如龍，〈論漢語方言語音的演變〉，《語言研究》第 1 期，1999。

42. 李如龍，〈論漢語方音的區域特徵〉，《中國語言學報》第 9 期，1999。

43. 李如龍，〈關於東南方言的「底層」研究〉，《民族語文》第 5 期，2005。

44. 李如龍，〈論語言接觸的類型、方式和過程〉，《青海民族研究》第 4 期，2013。

45. 李東紅，〈從考古材料看白族的起源〉，《中央民族大學學報（哲學社會科學版）》第 31 卷第 1 期，2004。

46. 李小凡，〈論層次〉，收錄於《全國漢語方言學會第十四屆學術年會暨漢語方言國際學術研討會之論文集》（2007 年於浙江杭州舉行），2007。本文又收錄於郭錫良、盧國堯主編：《中國語言學》第四輯，北京：北京大學出版社，2010。

47. 李建校，〈陝北晉語以高化爲主的拉鍊式音變〉，《語言研究》第 29 卷第 1 期，2009。

48. 李藍，〈六十年來西南官話的調查與研究〉，《方言》第 4 期，1997。

49. 李藍，〈西南官話的分區（稿）〉，《方言》第 1 期，2009。

50. 李燕萍，〈維吾爾語複合合璧詞的語素來源及語義認知機制〉，《語言與翻譯》第 2 期，2013。

51. 李新魁，〈上古音「曉匣」歸「見溪群」說〉，《學術研究》第 2 期，1963。

52. 李春風，〈拉祜語構詞法研究〉，《西華大學學報（哲學社會科學版）》第 3 期，2008。

53. 邢公畹，〈漢台語比較研究中的深層對應〉，《民族語文》第 5 期，1993。

54. 邢公畹，〈漢台語舌根音聲母字深層對應例證〉，《民族語文》第 1 期，1995。

55. 邢公畹，〈「語義學比較法」簡說〉，收錄於《語言學論叢》第 20 輯，北京：商務印書館，1998。

56. 邢公畹，〈漢藏語系上古音之支脂魚四部同源字考（讀柯蔚南《漢藏語詞彙比較手冊札記》）〉，《民族語文》第 4 期，1998。

57. 邢公畹，〈漢藏語系上古音侵談兩部同源字考（讀柯蔚南《漢藏語詞彙比較手冊札記》）〉，《民族語文》第 5 期，1998。

58. 邢公畹，〈漢藏語系上古音支歌侯幽宵四部同源字考（讀柯蔚南《漢藏語詞彙比較手冊札記》）〉，《民族語文》第 6 期，1998。

59. 邢公畹，〈漢藏語系上古音陽東冬耕四部同源字考（讀柯蔚南《漢藏語詞彙比較手冊札記》）〉，《民族語文》第 2 期，1999。

60. 邢公畹，〈漢藏語系上古音眞文元三部同源字考（讀柯蔚南《漢藏語詞彙比較手冊札記》）〉，《民族語文》第 3 期，1999。

61. 邢公畹，〈漢藏語系上古音葉緝物質月五部同源字考（讀柯蔚南《漢藏語詞彙比較手冊札記》）〉，《民族語文》第 5 期，1999。

62. 邢公畹，〈漢藏語系上古音覺鐸屋職錫五部同源字考（讀柯蔚南《漢藏語詞彙比較手冊札記》）〉，《民族語文》第 6 期，1999。

63. 邢公畹，〈說「深層對應」〉，《民族語文》第 6 期，2002。

64. 邢凱，〈語義比較法的邏輯基礎〉，《語言研究》第 4 期，2001。

65. 杜乙簡，〈白文質疑〉收於楊堃等著：《雲南白族的起源和形成論文集》（昆明：雲南人民出版社，1957。

66. 杜乙簡，〈論白族的白文〉，《中國民族問題研究集刊》（第 6 輯），1957。

67. 孟蓬生，〈漢語同源詞雜議〉，《河北學刊》第 4 期，1994。

68. 金理新，〈漢藏語的語音對應與語音相似〉，《民族語文》第 3 期，2003。

69. 周耀文，〈略論白語的系屬問題〉，《思想戰線》第 3 期，1978。

70. 周季文，〈論藏語動詞的形態變化〉，收錄於《藏學研究》第 9 輯，北京：民族出版社，1998。

71. 周及徐，〈上古漢語中的*Kw- /*K- > *P-音變及其時間層次〉，《語言研究》第 23 卷第 3 期，2003。

72. 周錦國，〈現代語境下白語詞彙的嬗變〉，《大理學院學報》第 7 期，2008。

73. 徐世璇，〈漢藏語言的語音屈折構詞現象〉，《民族語文》第 3 期，1996。

74. 徐通鏘，〈結構的不平衡性和語言演變的原因〉1990，收錄於徐通鏘編著：《漢語研究方法論初探》，北京：商務印書館，2004。

75. 徐通鏘，〈音系的結構格局和內部擬測法〉，1994，收錄於徐通鏘編著：《漢語研究方法論初探》，北京：商務印書館，2004。

76. 徐通鏘，〈聲調起源研究方法論問題再議〉，《民族語文》第 5 期，2001。

77. 徐通鏘、葉蜚聲，〈內部擬測方法和漢語上古音系的研究〉，《語文研究》第 1 期，1982。

78. 施向東，〈漢-藏同源詞譜〉，收錄於施向東編著：《漢語和藏語同源體系的比較研究》，北京：華語教學出版社，2000。

79. 施向東，〈漢藏同源詞例證——以魚部字爲例〉，《雲南師範大學學報（哲學社會科學版）》第 47 卷第 2 期，2015。

80. 袁毓林，〈漢語動詞的配價層級和配位方式研究〉，收錄於袁毓林、郭銳主編：《現

代漢語配價語法研究（第二輯）》，北京：北京大學出版社，1998。

81. 袁明軍，〈原始白語韻母構擬〉，《南開語言學刊》第 0 期，2002。

82. 袁明軍，〈白語和漢藏緬語、漢語的語義深層對應關係〉，《南開語言學刊》第 2 期，2004。

83. 禹志云，〈白語和漢文化之關係與民族集體無意識〉，《雲南師範大學學報》第 6 期，1998。

84. 段伶，〈白語語音變化的構詞方式〉，《大理大學學報》第 2 期，2002。

85. 段泗英，〈小議鶴慶白語的重疊式構詞法〉，《科教導刊（中旬刊)》第 3 期，2012。

86. 段泗英，〈鶴慶白語的語音屈折構詞法淺析〉，《安徽文學·語言新探》第 4 期，2014。

87. 莊初升、陽蓉，〈傳教士西南官話文獻的羅馬字拼音方案〉，《文化遺產》第 2 期，2014。

88. 曾曉渝，〈見母的上古音值〉，《中國語文》第 1 期，2003。

89. 曾曉渝，〈水語裡漢語借詞層次分析方法例釋〉，《南開語言學刊》第 2 期，2003。

90. 曾曉渝，〈論壯傣侗水語古漢語借詞的調類對應——兼論侗台語漢語的接觸及其語源關係〉，《民族語文》第 2 期，2003。

91. 曾曉渝，〈漢語水語的同源詞〉，《南開大學語言學刊》第 2 期，2004。

92. 曾曉渝，〈三江侗語中古漢語借詞〉，《民族語文》第 4 期，2006。

93. 曾曉渝，〈從漢借詞看侗臺語的送氣聲母〉，《民族語文》第 2 期，2009。

94. 曾曉渝，〈後漢三國梵漢對音所反映的次清聲母問題——再論次清聲母在漢語上古音系裡的音類地位〉，《中國語文》第 4 期，2009。

95. 桑宇紅，〈中古知莊章組字在現代方言中的擦音游離現象〉，《語言科學》第 9 卷第 4 期，2012。

96. 孫太初，〈讀白文〉文刊載於《雲南日報》，1956。

97. 孫宏開，〈關於漢藏語分類研究的回顧與存在問題〉，《民族語文》第 3 期，1998。

98. 孫宏開，〈原始漢藏語的複輔音問題——關於原始漢藏語音節結構構擬的理論思考之一〉，《民族語文》第 6 期，1999。

99. 孫宏開、江荻，〈漢藏語言系屬分類之爭及其源流〉，《當代語言學》第 2 期，1999。

100. 麥耘，〈論重紐及切韻的介音系統〉，收錄於麥耘編著：《音韻與方言研究》，廣州：廣州人民出版社，1995。

101. 麥耘，〈漢語史研究中的假設與證明——試論一個學術觀念問題〉，收錄於商務印書館編輯部編輯：《21 世紀的中國語言學（二）》，北京：商務印書館，2006。

102. 許良越，〈濁音清化與聲調演變的相關關係〉，《西南民族大學學報（人文社科版)》第 5 期，2007。

103. 陳碧笙，〈試論白族源於南詔〉，《廈門大學學報》第 9 期，1956。

104. 陳康，〈白語促聲考〉，《中央民族學院學報》第 5 期，1992。

105. 陳其光，〈語言間的深層影響〉，《民族語文》第 1 期，2002。

106. 陳忠敏，〈重論文白異讀與語音層次〉，《語言研究》第 23 卷第 3 期，2003。

107. 陳忠敏，〈論語音層次的時間先後〉，此文收錄於《語言研究集刊・第二輯》上海：上海辭書出版社，2005。

108. 陳忠敏，〈有關歷史層次分析法的幾個問題〉，此文收錄於《漢語史學報》上海：上海教育出版社，2005。

109. 陳忠敏，〈語言的底層理論與理論分析法〉，《語言科學》第 6 卷第 6 期，2007。

110. 陳忠敏，〈語音層次的定義及其鑒定方法〉，此文收錄於丁邦新主編：《歷史層次與方言研究》，2007。

111. 陳偉，〈華音捷徑音系研究〉，《古漢語研究》第 1 期，2017。

112. 喬全生，〈歷史層次與方言史研究〉，《漢語學報》第 2 期，2014。

113. 藍慶元，〈白土壯語中的漢語山攝對應詞的歷史層次〉，《民族語文》第 6 期，2000。

114. 張海秋、秦鳳翔、徐成俊，〈劍屬語言在吾國語言學上的地位〉，《南強月刊》第 1 卷 4-5 期合刊，1937。

115. 張海秋、秦鳳翔、徐成俊，〈白語中保存著的殷商時代的詞語〉，《南強月刊》第 1 卷 4-5 期合刊，1937。

116. 張藩雄，〈白語近十年研究述評〉，《大理學院學報》第 11 期，2012。

117. 張世方，〈中原官話知系字讀唇齒音聲母的形成與分布〉，《語言科學》第 4 期，2004。

118. 張世方，〈北京話古微疑母字聲母的逆向音變〉，《語文研究》第 2 期，2009。

119. 楊應新，〈方塊白文辨析〉，《民族語文》第 5 期，1991。

120. 楊品亮，〈關於白語系屬的探討〉，《中央民族學院學報》第 6 期，1989。

121. 楊品亮，〈現代白語中古漢語詞〉，《民族語文》第 4 期，1990。

122. 黃雪貞，〈西南官話的分區（稿）〉，《方言》第 4 期，1986。

123. 黃行，〈確定漢藏語同源詞的幾個原則〉，《民族語文》第 4 期，2001。

124. 黃行，〈漢藏民族語言聲調的分合類型〉，《語言教學與研究》第 5 期，2005。

125. 黃行、胡鴻雁，〈區分借詞層次的語音系聯方法〉，《民族語文》第 5 期 2004。

126. 貫寶書，〈對『音位』及『音位變體』的再認識〉，《百色學院學報》第 20 卷第 2 期，2007。

127. 蓋興之，〈藏緬語的松緊元音〉，《民族語文》第 5 期，1994。

128. 蓋興之、宋金蘭，〈彝緬語言與漢語、苗瑤語、壯侗語、白語的同源聯系〉，《雲南民族大學學報（哲學社會科學版）》第 1 期，2010。

129. 瞿靄堂，〈藏語動詞屈折形態的結構及其演變〉，《民族語文》第 1 期，1985。

130. 瞿靄堂、勁松，〈嘉戎語藏語借詞的時空特徵〉，《民族語文》第 2 期，2009。

131. 聶鴻音，〈深層對應獻疑〉，《民族語文》第 1 期，2002。

132. 趙漢興，〈白族話中的古代漢語詞素例考〉，《思想戰線》第 4 期，1991。

133. 趙燕珍，〈白語聲母 ɣ 的來源及其發展趨勢〉《大理民族文化研究叢刊》第 0 期，2006。

134. 趙黎嫻，〈白語的系屬問題研究簡述〉，《中央民族大學學報（哲學社會科學版）》第 6 期，2009。

135. 趙日新和李姣雷，〈湘語蟹假果遇攝字母音推鏈之反思〉，《方言》第 2 期，2016。

136. 潘悟云，〈中古漢語擦音的上古來源〉，《溫州師院學報（哲學社會科學版）》，第 4 期，1990。

137. 潘悟云，〈喉音考〉，《民族語文》第 5 期，1997。

138. 潘悟云，〈漢語方言的歷史層次及其類型〉，2004，收錄於石峰和沈鐘偉編輯：《樂在其中——王士元教授七十華誕慶祝文集》，天津：南開大學出版社，2007。

139. 潘悟云，〈歷史層次分析的目標與內容〉，此文收錄於丁邦新主編：《歷史層次與方言研究》，上海：上海教育出版社，2007。

140. 潘悟云，〈歷史層次分析的若干理論問題〉，《語言研究》第 30 卷第 2 期，2010。

141. 羅自群，〈從語言接觸看白語的系屬問題〉，《中央民族大學學報（哲學社會科學版）》第 5 期，2011。

142. 顏曉云、陸家瑞，〈史載白語叢考〉，《雲南師範大學學報（哲學社會科學版）》第 2 期，1997。

143. 傅懋勣，〈民族語言調查研究講話〉系列篇章，《民族語文》1984 和 1985。

144. 趙韜父（趙式銘），〈白文考〉，收錄於雲南省立昆華民眾教育館編著：《雲南史地輯要》內，1949。

145. 劉澤民，〈吳語果攝和遇攝主體層次分析〉，《語言科學》第 13 卷第 3 期，2014。

146. 嚴學窘，〈論漢語同族詞內部屈折的變換模式〉，《中國語文》第 2 期，1979。

147. 戴慶廈，〈我國藏緬語族鬆緊元音來源初探〉，《民族語文》第 1 期，1979。

148. 戴慶廈，〈彝緬語鼻冠聲母的來源及發展——兼論彝緬語語音演變的「整化」作用〉，《民族語文》第 1 期，1992。

149. 戴慶廈、劉菊黃、傅愛蘭，〈關於我國藏緬語族系屬分類問題〉，《雲南民族大學學報》第 3 期，1989。此篇收錄於馬學良等編著：《藏緬語新論》，北京：中央民族學院出版社，1994。

150. 戴慶廈、孫艷，〈四音格詞在漢藏研究中的價值〉，《漢語學習》第 6 期，2003。

151. 戴黎剛，〈歷史層次分析法——理論、方法及其存在的問題〉，《當代語言學》第 1 期，2007。

152. 簡秀梅、洪惟仁：〈關廟方言區「出歸時」回頭演變之社會方言學研究〉，收錄於王旭和徐富美主編：《社會語言學與功能語法論文集》內，臺北：文鶴出版有限公司，2007。

153. 薛才德，〈漢語方言梗攝開口二等字和宕攝開口一等字的母音及類型〉，《雲南民族大學學報（哲學社會科學版）》第 25 卷第 1 期，2005。

154. 龍海燕，〈關於語言接觸的幾個特點〉，《貴州民族研究》第 3 期，2011。

155. 龍國貽，〈藻敏瑤語漢借詞主體層次年代考〉，《民族語文》第 2 期，2012。

156. 歐陽覺亞，〈運用底層理論研究少數民族語言與漢語的關係〉，《民族語文》第 6 期，1991。

157. 鄭張尚芳，〈溫州方言歌韻讀音的分化和歷史層次〉，《語言研究》第 2 期，1983。

158. 鄭張尚芳，〈上古韻母系統和四等、介音、聲調的發源問題〉，《溫州師範學院學報》第 4 期，1987。

159. 鄭張尚芳，〈白語是漢白語族的一支獨立語言〉收錄於石鋒和潘悟云等主編：《中國語言學的新拓展：慶祝王士元教授六十五歲華誕》，香港：香港城市大學出版社，1999。

160. 鄭張尚芳，〈漢語方言異常音讀的分層及滯古層次分析〉，收錄於何大安主編：《南北是非：漢語方言的差異與變化》（第三屆國際漢學會議論文集·語言組），2002。

161. 龔娜，〈漢語方言歷史層次研究的回顧與前瞻〉，《玉林師範學院學報》第 32 卷第 6 期，2011。

五、外文譯著

1. 〔美〕Nicholas Cleaveland Bodman（包擬古）包擬古著、潘悟云和馮蒸譯，《原始漢語與漢藏語》，北京：新華書店，1995。

2. 〔美〕Baxter, William H.（白一平）白一平，《漢語上古音手冊》A Handbook of Old Chinese Phonology , Mouton de Gruyter Berlin. New York,1992。

3. 〔英〕Bryan Allen（艾磊）艾磊、張霞譯，《白語方言研究》，昆明：雲南民族出版社，2004。

4. 〔瑞典〕Bernhard Karlgren（高本漢）高本漢、潘悟云等譯注，《漢文典》，上海：上海辭書出版社，1997。

5. 〔美〕Baxter, William H.（白一平）白一平，〈上古漢語*sr-的發展〉，《語言研究》第 1 期，1983。

6. 〔日〕甲斐勝二著、韋海英譯：〈關於白族文字方案〉《大理師專學報》第 2 期，1997。

7. William Labov（威廉拉波夫）.Principles of Linguistic Change：Internal Factors Oxford：Blackwell Publishing Limited,1994.

8. Hopper,J.1977.Word frequency in lexical diffusion and the source of morphophonological change.（〈詞擴散中的詞頻和形態音韻變化的根源〉），載於 W. Christie 編輯《歷史語言學的當代進展》Current Progress in Historial Linguistics. 阿姆斯特丹。

9. Chen, Matthew（陳淵泉）.Cross-Dialectal Comparsion：A Cate Study and Some Theorectical Consideations. Journal of Chinese Linguistics,Volume 1 Number 1,1973.

10. Ohala, John：The phonetics of sound change. The Handbook of Historical Linguistics. Brian D. Joseph and Richard D. Janda （eds.） Blackwell,1993.

11. Ohala, John and Manjari Ohala.The Phonetics of Nasal Phonology：Theorems and Data,in M.K. Huffman & R. A. Krakow （eds.）, Nasals, Nasalization, and the Velum, Phonetics and Phonology Series, Vol.5.San Diego, CA: Academic Press,1993.

六、網路資源：

1. 中國政府網‧中國概況（關於白族）：http://www.gov.cn/guoqing/

2. 中文百科在線，網址：http://www.zwbk.org/zh-tw/Lemma_Show/155786.aspx

3. 在線新華字典：http://xh.5156edu.com/index.php

4. 漢字古今音資料庫：http://xiaoxue.iis.sinica.edu.tw/ccr/

5. 漢典：http://www.zdic.net/

6. 說文解字線上檢索：http://www.shuowen.org/

附錄：白語漢源詞語源材料

表格說明：

1. 表格例字以綜合《漢語方言語音特徵調查手冊》和《方言調查字表》內共 4000 筆詞例做爲調查對象，依據實用性、生活性和日常普遍性爲原則進行篩選分類，透過趙式銘〈白文考〉文內對於材料的屬性分類啓發，將調查的語源材料依其屬源質性分門別類進行建檔，主要以能探尋語音演變規律之單音節詞例爲主，若單音節詞例以雙音節之音節結構表示者或漢語釋義爲雙音節詞，但白語以單音節結構表示者皆一併收錄考查；需特別說明的是，本附錄表所收語料相關語音演變內容，皆於本文主要章節內歸納統整分析，此處謹將語料建檔。

2.「附錄表一」：是建立在筆者調查時，所自行建構之「白語調查語料詞彙分析表」共 2000 筆語料的基礎上，依據歷史層次分析的分層原則爲前提，針對調查的 2000 筆語料內，剔除屬於現代漢語直譯／音譯詞的語料例、以相同詞根所構成的詞族語例，這部分僅收錄詞根例做爲分析對象、合璧詞現象及名物類專有名稱，需特別說明的是，其詞源非屬漢源者，主要以來自於滯古上古時期的藏緬彝親族語分者，亦收錄並特別列舉觀察，以便詳細比對其內部是否仍有漢源成分的雙重疊置現象。在此語料篩選的基礎上，總計共收錄包含小舌音讀在內的 700 筆有效白漢關係詞語料，依據小舌音的滯古特性及其所屬區域較爲

特定，因此獨立以「續附錄表一」呈現。

非小舌音讀的基本語料，其表格標是格式為：

序號	例字	共興	洛本卓	營盤	辛屯	諾鄧	漕澗	康福	挖色	西窯	上關	鳳儀

3.「附錄表二」：針對文內此 700 筆白漢關係詞語料，藉由研究所得的白語層次演變定義，將相關語料的層次屬性類別，分別建表歸屬爲附錄二之 8 表，亦透過附錄二 8 表的分類，體現全文針對白語聲、韻、調歷史層次分析的研究成果。

4.「附錄表二」表格標題格式爲：

漢譯	韻攝	中古聲母	中古韻目	中古聲調	開合	等第	清濁	共興	洛本卓	營盤	辛屯	諾鄧	漕澗	康福	挖色	西窯	上關	鳳儀

5. 「附錄表二」表內反切依《廣韻》並參考《集韻》，韻攝分類依據十六攝；表內漢譯部分呈現白語語音的滯古本義釋義，及借入漢語借詞後所轉譯的語義釋義；語區內具有數項語音特徵者逐一併收錄，以便文內分析其層次演變狀況。

附錄一：白語詞例語音——語義對照表

序號	例字	共興	洛本卓	營盤	辛屯	諾鄧	漕澗	康福	挖色	西窯	上關	鳳儀
1.	兵	kõ55	tṣe55	kv55	tau33 kõ33	ko35	pĩ33	tã55 kõ55	tse55	tse55	tse55	tse55
2.	閉	me55	mi55	mi55	mei44	mi35	me24	me55	me35	me35	me35	me35
3.	粕	ts'õ33	ts'õ33	ts'õ33	ts'õ33	ts'ó35	tsṽ33	ts'õ33	p'a44	p'a44	p'a44	p'a44
4.	酒糟	q'a44	q'a44	p'a44	p'a44	p'a33 (k'õ33 tçe33)	tsa44 (kṽ33)	p'a44				
5.	怕	kẽ44	qẽ44 kẽ44	kõ44	kũ44	ke35	kv24	kɤ̃44 (緊)	kɤ35 tç'e35	kie35	kɤ35	kie35
6.	貓	mu55	mũ55	mũ55	a55mi55	ni55 nio55 mi55	a55ɲi42	ã31ni55	a55mi55	a55mi55	a55ni55	a55ni55
7.	賣	Ge21 qu21	ʁɯ21 qu21	qu21	kɯ31	qu21	kɯ31	kɯ21 (緊)	kɯ21	kɯ21	kɯ21	kɯ21
8.	慢	jɯ31	tçi31	ts'ɔ̃31 le44	p'i55	k'ua55 lɯ33	p'i42	p'i55	p'i42	p'i42	pi42	pi42
9.	蕢	ua21	ŋue21	ue21	ŋɤ21	mo21 do21 [ɯa21]	ua21tɯ21	uã21	ua21tɯ21	ua21tɯ21	ua21tɯ21	ua21tɯ21
10.	房梁		xo21tɯ21qua21									
11.	某	ba42	bo42	vo42	uo31 uã55	po21 pa55	po21 pa55	pu33 pa55	pɔ31 pa55	pɔ31 pa55	pɔ31 pa55	pɔ31 pa55
12.	他				uã55	pa55	pa55	pa55	pa55	pa55	pa55	pa55
13.	伲	bei55	bi55	vi55	uã55	pa55	pa55	pa55	pa55	pa55	pa55	pa55
14.	百姓											
15.	風	tçui55	tɕui55	tsue55	pi44	bi33ʂ̩33	pi24si42	pĩ55	pi35ʂ̩35	pi35si35	pi35ʂ̩35	pi35si35

序號	例字	共興	洛本卓	營盤	辛屯	諾鄧	漕澗	康福	挖色	西窯	上關	鳳儀
16.	問	tɕue42	dʑua42	tʂua42	piã44	pie44	pia44	piɤ44	piɤ44	pie44	piɤ44	pie44
17.	多	ti55	ti55	ti55	tɕi44	tɕi35	tɕi24	tɕi55	mɤ35 tɕi35	me35	tɕi35	tɕi35
18.	到	tɕ'ua42	tɕ'uo42	p'ia42	p'ia44	p'ia44	p'ia44	p'ia44 (緊)	p'ia44	p'ia44	p'ia44	p'ia44
19.	低	dʑui33	dʑui33	dzue33	pi33	pi55	pi31	pi33	pi33	pi33	pi33	pi33
20.	矮											
21.	點	Ge33	qe33	Ge33	kei55 ku42	quɯ42 ke21 zʐ33	tie31	kẽ31	ge31 tɕ'i133	gi31 tɕ'i133	ge31 tɕ'i133	gi31 tɕ'i133
22.	湯	xã55 hã55 xiẽ55	xã55	xie55	xã55 xɯ55	xe55 he55	xv42	x'ɤ55	xɤ55	xe55	xɤ55	xe55
23.	羹											
24.	活											
25.	天	xẽ55 hẽ55	χẽ55	xĩ55	xe55	xe55	xã55	x'ẽ55	xe55	xe55	xɯ55	hi55xi55 yi55
26.	地	dʑi42	dʑi42	zi42	tɕi44	xe55 dʑi21	tao44	tɕi21 (緊) pɤ21 (緊)	tɕi31	tɕi31	tɕi31	tɕi31
27.	痛	sã42	sõ42	sĩ42	suo42	sʐ21	sṽ31	s'ɯ42	sʐ31o31	sʐ31o31	sʐ31ou31	sʐ31o31
28.	疼	sã42	sõ42	sv42	suo42	sʐ21	sv31	s'õ31	sʐ31ou31	sʐ31ou31	sʐ31ou31	sʐ31ou31
29.	稻	qo42	qo42	qo42	ku21	go42	si42	ku21	kou21	ko21	kou21	kou21
30.	來	p'ia44	ja44kɯ44	p'ia44	ɣɯ44	jɯ35	ta42 jɯ24	ɣɯ55	jɯ35	ʑɯ35	jɯ35	jɯ35
31.	人老	ku33	ku33	kv33	ku33	gu44	ku31	ku33	ku33	ku33	ku33	ku33
32.	茶老	gu33	gu33	gv33	ku33	gu44	ku31	ku33	ku33	ku33	ku33	ku33
33.	撈	ne31 tʂ'ɯ44	ne31 tʂ'ɯ44	zʐ31 tʂ'ɯ44	vɯ21	v21 lʐ33	lao44	vo21 (緊)	v21	vv21	vv21	v21
34.	操	de33	dʑe33	dzʐ33	li44	dze33	tsẽ33	lo44 tsẽ33	tsẽ33	tsẽ33	tsẽ33	tsẽ33

序號	例字	共興	洛本卓	營盤	辛屯	諾鄧	漕澗	康福	挖色	西窯	上關	鳳儀
35.	裡	kɯ31	kɯ31	kɯ31	kɯ21	kʼɯ33	vo42	lɯ44(緊)	kʼɯ31	kʼɯ31	kʼɯ31	kʼɯ31
36.	裏	sõ55	sõ55	sue55	xɯ33	sɔ55	xo33	sʼãu55	sou55	so55	sou55	sou55
37.	晾	qa42	qa42	qe42	keɤ44	ke44	lĩ31	keɤ44	ke44	ke44	ke44	ke44
38.	鱗											
39.	瑴											
40. 41.	路 道路	tʼiu33	tʼu33	tʼv33	tʼu33	tʼu33	tʼu33	tʼu33	tʼu33	tʼu33	tʼu33	tʼu33
42.	六	fv44 fɯ44	fo44	fo44	fo44 xo44	v42 kʼɔ44	vo42	fo44(緊)	fv44	fv44	fv44	fv44
43. 44.	江 河	qõ55	qõ55 dʑo31	qõ55	ko55 tio31	qɔ55qɔ55	kṽ55	kõ55kõ55	kv55kʼõ31	kv55kʼõ31	kv55kʼõ31	kv55kʼõ31
45.	街	tsʅ33	dzɛ33 dzʅ33	zɛ33	tsi44	dʐʅ33	tsi31 tsi33	tsi33 tsi33	tsʅ33	tsi33	tsʅ33	tsi33
46.	瞉	so55	so55	sou55	sʼo44	sʅ44	si44	so21	sʅ44	si44	sʅ44	si44
47.	乖	ua55	ua55	ua55	tʼã31	dʐy21	nv33ɲi42ko33	tʼã31	nio44ɲi55kuo21	tɕy21	tɕy21	nio44ɲi55kuo21
48.	鬼	tsʅ33	tʂe33	tsʅ33	ko44	qɔ44(緊)	kv44	ko33	kv33	kv33	kv33	kv33 tɕɥi33
49.	糠	tsʼo55	tʼo55	tsʼou55	tʼio55	tʂʼo55	tsʼo55	tsʼãu55	tsʼo55	tsʼo55	tsʼo55	tsʼo55
50.	去	ŋe44	ja44	ŋa44	a21	ŋe21 su33 sua33	ŋv44	ɣəʔ21(緊)	ŋeɤ21	ŋeɤ21	ŋeɤ21	ŋie21
51.	橋	gu21	go21	go21	ku21 tsu42	ku21 sɯ33	ku31	ku21 tɕa42(緊)	ku21	ku21	ku21suɯ44	ku21se44
52. 53.	騎 流	gɯ31	kɯ31	kɯ31	ko33 kɯ33	gɯ21	ɣɯ31	kɯ21	kɯ31	kɯ31	kɯ31	kɯ31

序號	例字	共興	洛本卓	營盤	辛屯	諾鄧	漕澗	康福	挖色	西窯	上關	鳳儀
54.	二	ku33	kv33	kõ33	kou33	kɔ33	kõ44 ɣɛ42	kãu33 ne44 ə55 (緊)	ne33	ne33	kou33	kou33
55.	秧	dʑi55	tʂẽ55	tʂ55	tsɿ21	dʐ21	tsi31tsi33	tsi21	kou44	ko44	tsv44	tsi21
56.	邑	ji44	ũ44 ʔi44	jou44	jou44	ʑu44	ju44	ju44	ju44	ʑu44	ju44	ju44
57.	村邑											
58.	閣	kɯ55	kv55	kv55	kɯ44	ɲia44	ke24	miə̃55	nv35mia44	nv35mia44	nv35mia44	vv44
59.	碗	qe42	qe42	qe42	kei42	ke42 ŋe33	kai42	ke42 (緊)	ke32	ke32	ki32	ki32
60.	窩	tsʰɿ44	tʂʰẽ44	tʂʰɿ44	ko55	kʰə21 (緊)	kʰo31 tso42	kʰo31 tɯ55	uo44	uo44	kʰo44	kʰo44
61.	癢	qʰu55 qʰou55	qʰv55	qʰu55	ko55	kʰu55 kʰou55 tʂua42	kʰu42	kʰu55	ko55	ko55	ko55	ko55
62.	血	sua44	sua44	sua44	sua44	sua44	sua44	sʰua44 (緊)	sua44	sua44	sua44	sua44
63.	屐	qɛ42	qa42	qo42	ŋe21	tsʰu44 kɛ21	ŋã21	kə42	ŋe21	ŋi21	ŋe21tsi44	ŋi21
64.	草鞋											
65.	鞋	jẽ21 ẽ21	ŋẽ21	ɲi21	ŋe21	ŋe21 ke42	ŋã21	ŋe21 (緊)	ŋe21	ŋi21	ŋe21	ŋi21
66.	鹹	qʰo31 tsʰõ31	qʰu31 tsʰõ31	qʰu31 tsʰõ31	tsʰou31	tɕʰo21	tsʰõ31	tsʰãu31	tsʰou31	kʰo31 tsʰo31	tsʰou31	tsʰou31
67.	苦	qʰo33	qʰu33	qʰu33	kʰu33	kʰu33	kʰu33	kʰu33	kʰu33	kʰu33	kʰu33	kʰu33
68.	回	tʲia44	ja44kɯ44	ja44	jo55	ti31jɯ35	ja44kʰv33	ja44te44	nə21jɯ35	ne21ʑɯ35	nə21jɯ35	ja44jɯ35ta35
69.	踅	ja44	ja44	ja44	ja44	ja44ʑi42	ja44	jo44	ja32	ja32	ja32	za32
70.	旋											

序號	例字	共興	洛本卓	營盤	辛屯	諾鄧	漕澗	康福	挖色	西窯	上關	鳳儀
71.	回家											
72.	烟(富)	go33	go33	ɡo33	kou33	qo21	ko33	fo55	ko21	ko21	ko21	ko21
73.	湖	qo31	qo31 / lɯ31buɯ33	qo31	ko42xu42 / **xe33ɣ33tʰã55**	ɢo21ɢɔ21	xu42 / xai31	tʰã55pɯ33 / u55xe31	kʼɔ21kɔ21	kʼɔ21kɔ21	kʼɔ21kɔ21	kʼɔ21kɔ21
74.	海	ta42	ʈa42	tia42	tse42	tʂe42(緊)	tsv42	tseʏ42(緊)	tseʏ32	tse32	tse32	tseʏ32
75.	右	çue55	sõ55	çui55	suã55 / kʼu55	sua35	suã24	suã55	sua35	çua35	çue55	sua35
76.	園	li55	le55	li55	ji55	ni55	li55	ni55(緊)	le55ɲi55	le55ɲi55	le55ɲi55	le55ɲi55
77.	也	tçui55	tsuẽ55	tsue55	pie44	pi35	piã24	pĩ55	pi35	pi35	pi35	pi35
78.	鹽	qe55	qa55	qɯ55	ta55	ɡɯ35	kɯ24	kɯ55 / tsʼa42	kɯ55	kɯ55	kɯ55	kɯ55
79.	臼											
80.	臼水											
81.	齒	tsʅ33pa44	tɕɯ33pa44	tɕɯ33pa44	tsʼi44pa44	dʐʅ44pa44	tsi33pa44	tsʼi44pa44	tsi33pa44	tsi33pa44	tsʅ33pa44	tsʅ33pa44
82.	吹	pʼv55	pʼɯ55	pʼɯ55	pʼɯ55	pʼɯ55	pʼɯ42	pʼɯ55	pɯ55 / pʼɯ55	pɯ55 / pʼɯ55	pɯ55 / pʼɯ55	pɯ55 / pʼɯ55
83.	蛇	tsʰʅ33	tʂe33	tsʰʅ33	kʼo33	kʼo44	kʼv33	kʼo33	kʼv33	kʼv33	kʼv33	kʼv33
84.	胆											
85.	船	je21	ŋa21	ŋa21	ji21sou55	ʑi21su55 / sɯ55	tɕʼuã31	je21(緊)sʼu55	je21su55	ze21su55	je21 su55	je21su55
86.	黍	so33	su33	su33	si33	sʅ44	si33 / mã31	sv33	si33	si33	si33	si33
87.	糯米											
88.	租(其他物)	pʼo33	kʼo33	kʼo33	kʼo33 / pʼo33	dzu33	tsu33	kʼãu33	kʼɔ33	kʼɔ33	kʼɔ33	kʼɔ33
89.	妻	v33 / ji21	nv42 / ne42	ve42 / ni42	vɯ33 / ti33	v44 / çi55 / kʼe33	vo33 / ni21	vo33	ɲiu35 / mɔ33	nɔ35 / mɔ33	v21 / tɯ21	ɲiu35 / mɔ33

序號	例字	共興	洛本卓	營盤	辛屯	諾鄧	漕澗	康福	挖色	西窯	上關	鳳儀
90.	拴	quɯ55	quɯ55	kɯ55	lau55	ba21	pã31	fo31	fv31	fv31	fv31	v31
91.	拴牛	tɯ21	tɕiɯ21	tiɯ21	tɯ̃21	dɯ21	tu33	tɯ21 (緊)	tɯ21	tɯ21	tɯ21	tɯ21
92.	前	mi33	mi33 / sue33	mi33	ji33	mi33	mi33	mi33	mi33 / k'a31 / ɕa31	mi33	mi33	mi33 / k'a31
93.	想	xɯ33	xɯ33	xɯ33	x'e33	xo35	xɯ33	xau55	xɯ33	xɯ33	xɯ33	xɯ33
94.	綠	p'e55 / tɕ'yi55	p'e55 / tɕ'yi55	p'e55	p'ei55	p'e55	p'e42	p'e55	p'e55	p'e55	p'e55	p'e55
95.	撕	mã42	mie42 / mo42	mie42 / mo42	mou42	mo42 / mi42	mõ42	mã42	mou32	mo32	mu32	mu32
96.	細	ka44	qa44	qa44	kɚ44	qe33	ka44	kɚ44	kɚ44	ke44	kɚ44	ke44
97.	捉	zi31	zɛ31	ɕi31	je31	ze21	t'o31	p'e31	p'e31	p'e31	p'e31	p'e31
98.	瘈					t'o21	tsa31	tsa31				
99.	拃					k'e55						
100.	柿子	t'e44	t'a44	t'a44	tã42	sʴ44 / xua33	t'a44	t'a44	tɕ'ia44	tɕ'ia44	tɕ'ia44	tɕ'ia44
101.	晒 曬	xa42	qɔ33	xou33	x'õ21	ko21 / gɔ21 / xɔ21	xɔ33	x'au31	xɔ33	xɔ33	xɔ33	xɔ33
102.	乳房	ba42	pã42	pa42	nõ33	pa21	pa44	pa42 (緊)	pa42	pa42	pa42	pa42
103.	男陰	du33	dv33	du33	tu33	du33	tu33	tu33	tu33	tu33	tu33	tu33
104.	女陰	tɕui44	tɕui44	pi44	p'i44	bi33	pi44	pi44 (緊)	pi44	pi44	pi44	pi44
105.	租 租佃	k'v42	p'o42	p'u42	p'u42	k'v42	po24ɕo24	p'u42	pɚ21ɕou44	pɚ21ɕo44	pɚ21ɕou44	pɚ21ɕou44
106.	箕 筐 箕筐	k'v42	k'v42	k'o42	tɕi44	tɕi55	tɕi24 / k'v42	tɕi55	to35	to35	to35	to35

附錄：白語漢源詞語源材料

序號	例字	共興	洛本卓	營盤	辛屯	諾鄧	漕澗	康福	挖色	西窯	上關	鳳儀
107.	追	tɕi42	tɕi42	tɕi42	tɕi42	tɕi42（緊）	tɕi42 kɛ44	tsi55 / tɕe42（緊）	tɕe42	tɕe42	tɕe42	tɕe42
108.	趕											
109.	追趕											
110.	梅子	----	----	----	me42	pe42（緊）	tɕiã33	tɕi33	tɕi33	tɕi33	tɕi33	tɕĩ33 / pi33 tɕĩ33
111.	年	sua44	sua44	sua44	sʰua44	ʂua44	sua44	sua44	sua44	ɕua44	sua44	sua44
112.	歲											
113.	利	ji31	ji31	ŋi31	ji44	ji21	ji21	ji31	ji31	ʑi31	ji31	ʑi31
114.	鋒利											
115.	插	pe42 / tsʼa55	pe42 / tʼia55	pe42 / tɕʼia55	pi44 / tsʼa55	pe42 / tse35	pi24 / to24 / tsʼa24	pe42 / tsʼa55	pe42 / tsʼa55	pe42 / tsʼa55	pe42 / tsʼa55	pe42 / tsʼa55
116.	插畎	fu55	fo55	fo55	fo55	fv55	fo42	fo55	fv42	fv42	fv42	fv42
117.	根部	te55	te55 / me55	te55 / me55	tɕi21 / mi44	me21 / me21	mi21	mi44	mi44 / te44	mi44 / te44	mi44 / te44	mi44 / te44
118.	單位詞 根 棍／燭	qua42	qua42	qua42	kuã55	kua33	mi21	kuã44（緊） / tsi55（緊）	kʼo32	kʼo32	kʼo32	kʼo32
119.	單位詞 根 針／線／繩	tʂɯ42	tʂe42	ɳɯ42	jũ42 / dzɯ21	ne21 / nɯ42	----	----	nɯ32	nɯ32	nɯ32	nɯ32
120.	單位詞 根 草／指／擔	----	----	----	tʼa21	tʼa21	----	----	tso32	tso32	tso32	tso32

序號	例字	共興	洛本卓	營盤	辛屯	諾鄧	漕澗	康福	挖色	西黨	上關	鳳儀
121.	單位詞 根／支／煙／槍	──	──	──	kuã55	ɢɔ35 / ge31	──	ku55 / ma21（緊）	──	──	──	──
122.	蓋 瓦／房	q'a42	q'a42	q'a42	k'e31	p'ɯ21 / ka33 / k'a33	p'ɯ31	tũ55（緊）	p'ɯ31	p'ɯ31	p'ɯ31	p'ɯ31
123.	蓋 被子	t'a55	t'a55	t'a55	t'a33	t'a33	t'a33	t'a44（緊）	k'a44	t'a44	k'a44 / mɯ42	k'a44 / mɯ42 / t'ua33
124.	揭 揭開	lou55	lo55	lo55	ɕue55	ço35	çiou24	la55	la35	la35	la35	la35
125.	拉	dʑi33	dʑi33	ʑi33	tɕiɤ55	dʑi33 / tɕi35 / ts'e33	tɕi31 / k'a42	tɕi33 / tɕɛ̃55	tɕe33	tɕi33	tɕe33	tɕi33
126.	拉開 拉平	dʑi33	dʑi33	ʑi33	tɕiɤ55	çi33	tɕi31 / t'o33	tɕi33 / tɕɛ̃55	tɕe33	tɕi33	tɕe33	tɕi33
127.	拖	q'o55	q'o55	k'o55	k'uo31	kɔ55	tɕ'i55	k'ao55	k'o55	k'o55	k'o55	k'o55
128.	繫 腰帶	q'o55	q'o55	k'o55	fo55	ba21	tɕ'i55	fo55	k'o55	k'o55	k'o55	k'o55
129.	繫 鞋帶	su33	ṣe55	tsou33	kuẽ44	tse35	tɕiã24	kũ55	tɕi35	tɕi35	tɕi35	tɕi35
130.	關 關門	su33	tsou33	tso33	ts'ou55	sɔ33	sɔ33 / pe42	so33	suo33	so55	suo33	suo33
131.	鎖	nõ42	u33	no42	vu55	nɔ42（緊）	nṽ42	kũ55	no42	no42	ko42	no42
132.	關 關羊	k'õ55	k'o55	k'o55	k'ou55	tɕi21	k'o42	k'ãu55	k'o55	k'o55	k'o55	k'o55
133.	伴（衣）											

序號	例字	共興	洛本卓	營盤	辛屯	諾鄧	漕澗	康福	挖色	西窯	上關	鳳儀
135.	件（事）	tʰe55	tʰe55	tʰe55	je55	tʰe35	lai31	tʰe55	tʰe55	tʰe55	tʰe55	jo55
136.	生蛋	sẽ42	sẽ42	çẽ42	se42	se21	sã42	sẽ42（緊）	se42	se42	se42	se42
137.	下蛋											
138.	脂											
139.	油	tsi55	tsʅ55	tsʅ55	tsi44	tsʅ35jɯ21	tsi24	tsi55jɯ21	tsʅ35	tsi35	tsʅ35kʰv33	tsi35
140.	脂油 脂肪											
141.	素油	ji21	ji21	zʅ21	iou33 jou33	tsʅ35 jɯ21	tsi24 jɯ31	jɯ21	tsʅ35jɯ21	tsʅ35zɯ21	tsʅ35jɯ21	tsʅ35jɯ21
142.	上 方位	dʑo33	tʃiɯ33	do33	nou33 tou33	do33	tsõ44	tãu33	tou33	to33	tou33	to33sa55
143.	上 物件	dʑo33	tɯ33 no44	tsõ33	tsu31	no33	tõ44	nɯ33	no44	no44	no44	no44
144.	下 方位	ɣe33	di33	je33	ɣɚ33	ɣe33	ɣe31	ɣɚ33	ɚ33	e33	e33	e33
145.	下 物件	tʰɯ55	tʰɯ42	tʰɯ55	kɯ55	ŋe31	tʰɯ42	kɚ31 tʰɯ55	kɚ31	e31	ŋɚ31	e31
146.	動詞 下雨	u42	u42	u42	ou42	u42 mɯ33 kʰɯ33	ɣou42	ɣa42 ça44	ou42	ou42	ou42	ou42
147.	硯	çi55	do31 çi55	çi55	tɯ42 çi55 pou55	çi35	se31 po55	ta42 çi55 pau55	çi55	çi55	çi55	çi55
148.	話	to42	tõ42	que42	tõ42 xua55	dzʅ31 tsʰa31	to21	ta21（緊）	tou21	to21	tou21	tou21

序號	例字	共興	洛本卓	營盤	辛屯	諾鄧	漕澗	康福	挖色	西窯	上關	鳳儀
149.	環	qõ31	kõ31	ko31	ni21kou31	ŋo44do21ko33	ŋv33kṽ21	ji33kã21 (緊)	ŋv33ku21	ŋv33kou21	ŋv33ku21	ŋv33ku21
150.	耳環	ŋu33 / tsue31	ʔẽ31 / tɕʲʰe31	jɯ31 / tɯ31	jĩ33 / tou42	ŋo44	ŋṽ33 / tṽ42	jĩ33 / tõ42	jo33 / pi33	ŋv33	ŋv33	ŋv33
151.	耳	ȵie44	ȵi44	jẽ44	ji44	ȵi44	ȵi44	jĩ42 (緊)	ȵi44	ȵi44	ȵi44	ȵi44
152.	日1 日子	ȵi44	ȵi44	ȵi44	ji44	ȵi44	ȵi44	jĩ44 (緊)	mi44	mi44	mi44	mi44
153.	日2 太陽	ȵie44			p'i31	p'i21		p'i31	p'i33	p'i33	p'i33	p'i33
154.	熱	uĩ44	uĩ44	uẽ44	ou55	ɯ31 / ue35	uã24	uĩ33	ɣɯ31 / lue44	ɯ31 / lui44	ɣɯ31 / lue44	ɯ31 / lui44
155.	動詞 熱飯	uẽ55	uẽ55	ŋue55	ɯ44	ue35	uã24	ũ55	ue35 / lue44	ui35 / lui44	ue35 / lue44	ue35 / lue44
156.	穿	tsu55	t'u55 / pɚ42	tʂou55	ts'ou33 / tsou33ji44	dzu44 / ji42 (緊)	ts'v42 / tsao44ji44	je42 (緊)	tsou44	tso44	tɕo44	to44
157.	穿針	tsu55	t'u55 / pɚ42	tʂou55	ts'ou33 (tsi55)	tʂ'ɚ55	ts'v42	ts'õ55	tsou44	tso44	tɕo44	to44
158.	穿鞋	tsu55	t'u55 / pɚ42	tʂou55	tsou33	dzu44	tsao44	tsao44	tsou44	tso44	tɕo44	to44
159.	穿衣	tsu55	t'u55 / pɚ42	tʂou55	ji44	ji42 (緊)	ji44	je42 (緊)	tsou44	tso44	tɕo44	to44
160.	燃 燃燒	ȵi33	ȵi33 / ɕui55	ŋɯ33	s'u44	ŋɯ33	su42 / tɕ'u42	s'u55	su55	sv55	su55	sv55
161.	燒 燃燒	ɕu55	fv55	xu55	s'u44	tɕɔ35 / ta33	tɕ'u44 / su42	s'u55	ou44 / tɕo35	o44 / su35	ou44 / xu35	ou44 / tɕo35
162.	水 燒開	χua55	xua55	xua55	xua55	xua55	xua33	xua44 (緊)	xua55	xua55	xua55	xua55

附錄：白語漢源詞語源材料

序號	例字	共興	洛本卓	營盤	辛屯	諾鄧	漕澗	康福	挖色	西窯	上關	鳳儀
163.	痊癒	χe33	χɯ33	χɯ33	xɯ55	xɯ33	x ẽ33	xũ33	xɯ33	xɯ33	xɯ33	xɯ33
164.	恢復											
165.	什麼	**a55ma55**	a55ma55	a55ma55	za42nei44	a55 se21	a44ŋi31	ã55x'ã31	xa31le21	xa31le21	a55ne21	sɤ21le21
166.	換 更換	qẽ42 mɯ33	qo44 xõ55	qe42 mɯ33	mɯ44	mu33	mũ33	mu33	mɯ33	mɯ33	mɯ33	mɯ33
167.	換 交換	mɯ33	so55 m ũ33	mɯ33	sã55 mu55	mɯ33 xue33	sã33 mũ33	s'ã55 mɯ33	sa55 mɯ33	sa55 mɯ33	sa55 mɯ33	sa55 mɯ33
168.	崩	po33	pũ33	pv33	tẽ44	pa55	pa33	nɯ44 tau44	nɯ33	nɯ33	nɯ33	nɯ33
169.	筆	fe42	fʋ42	fe42	fu55 kuã55	fu31 kua21	vo42	fo44（緊）	vo42 pi35	vo42 pi35	vo42 pi35	vo42 pi35
170.	熛	p'io55	tɕ'o55	tɕ'uã55	uõ42	p'io55	γv31 ŋṽ42	õ42	ue35	ue35	v35	v35
171.	熏肉											
172.	壁	po33	bɯ33 xɔ33 dzuo33	tɕua33	p'ie33	pie33 p'ie33	γõ33	pie44（緊）	u33pɔ33	u33pɔ33	u33pɔ33	u33pɔ33
173.	牆	γo33	ũ33bɯ33	ou33p'ie33	v42 tɕuã55v42	γo33 p'ie33 tʂ'ue35 γo33	tɕuã24 γõ33	ŋãu33	u33pɔ33	u33pɔ33	u33pɔ33	u33pɔ33
174.	磚牆											
175.	坡	bó44	po44	bo44	po33	po44	p'ie42 pie33	pa21（緊）	p'ie44	p'ie44	p'ie44	p'ie44
176.	跑	mou31	mõ31	pe31	mõ31	p'o21	mu21	mɯ21（緊）	p'o31	p'o31	p'o31	p'o31 sa44
177. 178.	背 負物	v33	v33	vv33	ve33	dzʅu44（負重物） je42（負輕物） v33（負物件）	pe42	vo33	ve33	ʑe33	vu33	vu33
179.	背	ba42	bo42	bo42	bo42	po31	jv44	pau31	ma31	ma31	tʃia55	jɤ32

序號	例字	共興	洛本卓	營盤	辛屯	諾鄧	漕澗	康福	挖色	西窯	上關	鳳儀
180.	負孩					pu33			nɚ31 jɚ32	ne31		
181.	嘆	ʔa55 mẽ55	ʔo55mo55	ʔo55me55	ou21mɚ55	u21tsa33	tɕʰe55 tɕe55	u21 mɚ55	ou21tsa21 mɔ33	o42me35	ou21tsa21 mɔ33	u42tɕua33 mɔ33
182.	爾	miõ55	miõ55	miõ55	nui44 tɕia42	ʂe35 tɕe35	sã24	miãu44 tsi33 su44	se35	se35	ze42 se35	ze42 se35
183.	扶	qʰe55	qʰe55	tɕia55	tsa31 pu33	kʰe55	tsã42 u31	vɯ31	u21	u21	u21	u21
184.	分	piẽ55	fe55	fe55	so55 fi55	pʰa31 fv35	vṽ24	fõ55	fv35	fu35	xue35	xue35
185.	飛	pi55	fe55	fe55	so55 fi55	fv35	vo24	fo55	fv35	fu35	xue35	xue35
186.	蜂	fv55	xõ55	fe55	fo55	fv55	fv42	fõ55	fv55	fv55	v55	v55
187.	蜜蜂											
188.	打	qã55	qã55	qa55	ta33	du21 tse42	tuɯ33	tõ44 (緊)	tɤ44	te44	tɤ44	te44
189.	黏	tɕʰa44 niã55	tɕʰa44 pʰe55	tɕʰa44 tɕʰi55	tɕʰia55	tɕʰa44 ŋa35 na44	tie24 tʰie24	tɕʰa44 (緊)	ŋa35 na44	ŋa35 na44	ŋa35 na44	ŋa35 na44
190.	貼											
191.	黏貼											
192.	拈	ŋia31 ŋa31	qʰe31 nõ31	ni31	ja31	ja21 (緊)	ja31 pʰɯ31 tsv42 tso42	ja21 (緊)	pʰɯ31 tʰou33	pʰɯ31 tʰou33	pʰɯ31 tʰou33	pʰɯ31 tʰou33
193.	脫	lui44	la44	lua44	tʰo55 lui44	lue35	tʰo24 lue42	lue55	tʰuo35	tʰo35	tʰuo35	tʰo35
194.	土	tʰu33	tʰo33	ni31	mei31	tʰu33	nã31 tɕʰi42	pʰẽ55 ne21	ne21	ne21	ne21	ne21
195.	唾	tʂɿ33	ɕyi33	tʰu42	tʰau42	ɕy55	si42	tʰau31	tsʰɿ55	tsʰi55	tsʰi55	tsʰɿ55

序號	例字	共興	洛本卓	營盤	辛屯	諾鄧	漕澗	康福	挖色	西窯	上關	鳳儀
196.	口水	t'ɔ31	t'ɔ31			mie21	mɤ̃42		t'ɔ31	t'ɔ31	t'ɔ31	t'ɔ31
197.	弟	t'i33	t'i33	tɕ'i33	te33	ti55	t'ai33	tsi33 t'e33	t'e33	t'e33	t'e33	t'e33
198.	銅	qã33	qõ33	qã33	tõ42	guɯ21 də21	tṽ31	tõ21（緊）	kə33	kie33	kie33	tṽ31
199.	那	puɯ33	puɯ33	muɯ33	na55	na55	tua42	na55	puɯ33	puɯ33	puɯ33	na55
200.	藍	pie42	tɕ'a42	pie42	tɕ'iə55	tɕ'e55	lã31 tiã42	na42（緊）	mo55 na55	la21	la21	la21
201.	鎌	je31	na31 nia31	je31	ji21	ji21	ja31	niɛ55	ji21	ji21 ʑi21	ji21	ji21
202.	兩	nõ42	nɔ32	ŋo32	lõ42	nɔ42	nõ33	niã31	nou32	nou32	ŋɔ32	nou32
203. 204.	直 竪	tuɯ55	q'uɯ55	tue55	tui33	t'uɯ42 tue35	miao44 su42li24	tũ55	miɔ32	miɔ32	tsɿ35	tsɿ35 mio44
205.	正	tuɯ55	q'uɯ55	tue55	tse42	miɔ21 fe35	tsv42	tsɤ̃42（緊）	tsɤ32	tsɿ32	tse32	tse32
206.	鋸	fv42	fv42	fo42	fu42 ts'e55 ɕ'iə55	fv42 tʂ'e33 ʂe33	se44	fo42（緊） s'e44	fv33 se44	fv33 se44	fv33 ts'e44	fv33 ts'e44
207.	丏	t'a44	t'a44	t'ua44 t'e44	kã44si44ti31	t'u55 xe55 ʐʅ21ni21（緊）	t'u42 xe42 zi31 nɔ33	ka44（緊） si44（緊）	t'u55xe55si31	ka44se44	t'u55xɤ55ʂʅ31	t'u55xɤ55ʂʅ31
208.	給	zi31	zuɯ31	zi31	zʮ21	zʮ31	zi42	zi31	tɕa42 si31 kuɯ31 ɕuɯ31	tɕa42 sɿ31 kuɯ31 ɕuɯ31	kuɯ31 ʑuɯ31	kuɯ31 ʑuɯ31
209.	鍋	ko55 t'ia55	ko55 t'ã55	tʂ'e55	ku44	ko35 muɯ31	ko24	ku55 pʮ31	kuo35 ts'e55	ko35 muɯ31	kuo35 ts'o55	kuo35 pe21
210.	果	q'o33	q'o33	q'o33	kuo33	q'o33	yo33	k'u33	kuo33	ko33	kuo33	kuo33

序號	例字	共興	洛本卓	營盤	辛屯	諾鄧	漕澗	康福	挖色	西窯	上關	鳳儀
211.	瓜	pʼv44	pʼo44	qua55	xo42	kʼua35	kua44	kua55	kua35	kua35	kua35	kua35
212.	拘	kɯu44	quu44	kuu44	kʼou55	tɕy35	kʼou42	tsʼuu44 (繁)	tɕy35	tɕy35	tɕy35	tɕy35
213.	看	ĩ55 / qe42	ʔe55 / qe42	ʔe55 / qe42	xã42	ʔa33	ã44	xʼã55	a33	a33	a33	a33
214.	骹	tɕo31	qʼua31 / tɕã31	tɕo31	kʼua42	tɕa21	kʼue42	tɕo21 (繁)	kou31 / tɕa42	kou31 / tɕa42	ko31 / tɕa42	tɕa42 / tʼui31
215.	小腿											
216.	快	tsua42	tsua42	tsua42 / tse42	tɕi42 / tsua42	tʂu21 / tɕuu21	tsʼv42 / pʼiã31	tɕi42 (繁) / tsua42 (繁)	tɕi31 / tua42	tɕi31 / tua42	ŋɤ21 / tɕuu31	ɲie21 / tɕuu31
217.	欠債 欠債 欠債	ve33	bu33	ve33	vu55 / tsa55	tʂʼa33	tsʼa42	ke33	tsʼa55	tsʼa55	tsʼa55 / vv33	tsʼa55
218.	曲	qʼo44 / kʼou44	kʼui44 / jõ44 / jo33 kɯu55	kʼo44	ŋã55 / kʼuu33	ko44 / ue35	kʼv44 / u24	ko44 / uẽ55	kʼv44	kʼv44	kʼv44	kʼv44
219.	彎曲											
220.	菌	sɯ̃33	sẽ33	ʂʅ33	sʼe33	go44 (繁)	sv44	sʅ33	se33	se33	se33	ɕe33 / mu33
221.	熬	ʁo55 / kv42	ŋo55/ɓ55 / ko42 (tsyi31)	ʁo55 / kou42	ã55	ku21	kao42	a42 (繁)	kou42	ko42	kou42	kou42
222.	燉	ʁo55 / kv42	ŋo55/ɓ55 / ko42 (tsyi31)	ʁo55 / kou42	ã55	tue44 / n̩o21 (繁)	tuã33	a42 (繁)	kou42	ko42	kou42	kou42
223.	崖	e42 / pʼie55	e42 / pʼie55	e42 / pʼie55	tʼei44	pʼie55 / tʂʼo55	pʼie42 pie33 / ŋe33sai44	pʼiɤ55 ŋɤ33	pʼiɤ55	pʼie55	pʼiɤ55	pʼie55
224.	凝	ɲu44	ŋɯ̃44 / ɯ̃44	ɲu44	tẽ44	ɲu21	tuu44	tuɯ̃44 (繁)	tuu44	tuu44	tuu44	tuu44

序號	例字	共興	洛本卓	營盤	辛屯	諾鄧	漕澗	康福	挖色	西窯	上關	鳳儀
225.	外	ua44	ŋua44	ua44	ua33	ŋua33	ua33	uã44(緊)	ua44	ua44	ua44	ua44
226.	炒	t'u33	tɕui33	t'iu33	ts'u55	tʂu33	ts'u31	ts'u33	p'u31	p'u31	p'u31	ŋv31 / o31
227.	殺	χa42	ɕa42	xa42	ɕ'a33	ɕa33	ɕia44	s'a44(緊)	ɕa44	ɕa44	ɕa44	ɕa44
228.	篩	lo21	lo21	lo21 / ɕe21	lou31tsi33	lo21 / se21	lo33 / sã44	la21(緊)tsi33	lɔ21	po44tsi44	lɔ21	lɔ21tɯ21
229.	識/讞	suɯ42 / tʂʅ42	si42	ɕi42	se44	ɣuɯ42 / sʅ35	zɯ̃44	se44 / suɯ44	suɯ44	suɯ44	suɯ44	suɯ44
230.	斫	tsɯ42	t'o42	tiv42	tõ42	tsu33 / dzu33	kã33	tsau44	tsou44	tso44	tsou44	tso44
231.	欨								k'ɤ44	k'e44	k'ɤ44	
232.	悲	suɯ42	ɕu42	ɕua42	ɕou42	ɕu21	ɕiõ31	ɕɤ42(緊)	ɕu21	ɕu21	ɕu21	ɕu21
233.	赤	t'ie42	t'a42	t'o42	tɕɤ44	tʂ'e33	ts'e44	ts'ɤ44	ts'ɤ44	ts'ɤ44	ts'e44	ts'e44
234.	紅								xuo35	xuo35	xuo35	xuo35
235.	神	se31	zʅ31	zʅ31	sei55 / ji21	ue31 / ɲi21	sã24 / ɲi44	sẽ55 / ji21	sʅ21	sʅ21	sʅ21	sʅ21
236.	鼠	ɕu33	ʂu33	so33 / sʅ33	so33	sɤ̃44	so33	so33	sv33	sv33	sv33	sv33
237.	拭	ʂɯ42	ɕi42	sʅ42	ma55	suɯ21 / tʂ'o55 / ma35	ts'a24 / fũ31	ts'a55	suɯ44 / ma35 / ts'a35	suɯ44 / ma35 / ts'a35	suɯ44 / ma35 / ts'v35	suɯ44 / ma35 / ts'v35
238.	書	so55	su55	sv55	so44	sʅ35 / ts'ue33	si24 / tɕ'ue44	so55	ɕou55	ɕo55	ɕou55	ɯ55
239.	是	dzo33	dʑõ33	dzo33	tsa33	tse33	tse33	tsa33	tso33	tso33	tsɯ33	tso33
240.	勺子	dzu42	me55	tiu42	mi44	mi44	so24	me55	mi21	mi21	mi21	mi21
241.	石	dzu42	tso42 / tõ42	do42	tsou42	tʂ21	tiao44 / kũ33	tɕio21 / sau55	tsou35	tso35	tso35	ts'o35

序號	例字	共興	洛本卓	營盤	辛屯	諾鄧	漕澗	康福	挖色	西窯	上關	鳳儀
242.	撙	tsa44	tsa44	tsa44	tsui21 kɯ55 kou55	tsue33 ts'ue55	tɕi31	tsue44（緊） tɕi44	ə44	a44 e44	tɕi44	a44 e44
243.	花椒	ɕu55	ɕu55	ɕu55	s'õ55	su35	su24 la24tsi33	su55	su35	ʑi21 tɕo35	ʑi21 tɕo35	ʑi21 tɕo35
244.	卒	tsua42	tsua42	tsue42	tɕi42	tɕu21	ts'v42	tɕi42（緊）	ŋɚ21	ŋɚ21	ŋɚ21	ŋɚ21
245.	快				tsua42	tɕɯ21	p'iã31	tsua42（緊）	tɕɯ31	tɕɯ31	tɕɯ31	tɕɯ31
246.	撕	tɕ'ui55	tɕ'ui55	p'i55	p'ei55	p'e55	p'e42 pe42	p'e55	p'e55	p'e55	p'e55	p'e55
247.	剝	pe55	la55	pi55	pei33	pe21 （lua33）	pe42 pai31	pe21	pə21	pə21	pə21	pə21
248.	寫	ue42	ue42	ve42	vɚ42	uɛ21	uɛ42	vɚ42（緊）	uɜ42	uɛ42	uɜ42	uɜ42
249.	畫	ue42	ue42	ve42	xua55	xua33	xua33	ua55 xua55	xua55	xua55	xua55	xua55
250.	軟	p'a55	p'a55 ɲi33xũ33	p'a55	p'e55 nou33	p'a55 nɔ35	nṽ24	p'ɚ55	nɲɯ21	nɲɯ21	nɲɯ21	ɲɯ21
251.	瞎	tu55	t'ẽ55	ta55	tã55	te35	tu33	tɚ55	te35	te35	ça35	ça35
252.	兄	jõ55	ŋõ55	ŋõ55	tou55	jo35	zv24	jõ33	kɔ44	kɔ44	kɔ44	kɔ44
253.	哥			qo55			ko33					
254.	厚	gɯ33 qɯ33	Gɯ33	qɯ33	kũ33	gɯ33	kɯ33	kũ33	kɯ33	kɯ33	kɯ33	kɯ33
255.	寨冷	qa44	qa44	qa44	kɯ44	gɯ35	kɯ24	kɯ35	kɯ35	kɯ35	kɯ35	kɯ35
256.	物件	ka44	ka44	ka44		ga21		ka21（緊）		kua21		
257.	天寒							uõ21（緊）				
258.	黃	ʁã21	ŋo21 õ21	ʁo21	ŋv21 ɣo21	ɣɔ21	vṽ31 ṽ31		ŋv21	ŋv21	ŋv21	ŋv21

序號	例字	共興	洛本卓	營盤	辛屯	諾鄧	漕澗	康福	挖色	西窯	上關	鳳儀
259.	渭	dzue42	ʈue42	duie42	tsui42 ua42	dze35	tɕui42	xua42(緊) ɕũ55	tsue42	tsui42	tsue42	tsue42
260.	窰	ŋo31	ŋo31	ʁo31	tsui42	ŋo31	ju33	ju21	ou44	o44	ou44	ou44
261.	養	ʂõ33	sou33 sõ33çõ33	çõ33	ja31	ju35	xã42 ue33	e42(緊) ŋə21	ja31	za31	ja31	ja31
262.	漾	ʂõ33	sou33 sõ33çõ33	çõ33	ja31	ʂõ33	sõ33	sʼau33	sou33	so33	sou33	so33
263.	利息（分）	bu21	bu21	pɯ21	pɯ21	bu21	li42ɕi24	li55ɕi35	li42si35	pɯ21	pɯ21	pu21
264.	水田	ɕui33dʑi42	ɕui33 dʑi42 pʼou44tɕiu31	ɕui33dʑi42	tɕi33tɕi33	ɕy44dʑi21	tɕi31	ɕy33tɕi31	ɕy33tɕi33	ɕy33tɕi33	ɕy33tɕi33	ɕy33tɕi33
265.	芋頭	xɯ44qʼo33	xɯ44qʼo33	xɯ44qʼo33	pʼi21tʼo55	bi21tʼo55	pi33tʼv̆42	pi21(緊)tʼõ55	ŋou44	ŋo44	ŋou44	ŋou44
266.	百	pe42	pa42	po42	pə̃44	pe55	pe24	pə44(緊)	pə44	pe44	pə44	pe44
267.	栢											
268.	動詞補 補衣服	pu33	pu33	pv33 kv33	pu33	pu33	pu21	pu33	pu33	pu33	pu33	pu33
269.	偏	tɕʼuẽ55	tɕʼuã55	pʼie55	piə55	ue35	pʼie42	pʼiə̃55 ɕe42	pʼiə55	pʼie55	pʼiə55	pʼie55
270.	薄	po42	po42	po42	po42	po42	pao42	pa42(緊)	pou42	po42	pou42	po42
271.	皮	bi31	tɕui31 qo44	pi31	pe21	pe33 tʂo35	ke33 pai31	pe21	pe35	pe35	pʼi42 fv44	pe35
272.	平	be21	pã21	pɛ21	pɛ̃21	pɛ21	pv31	pə̃21(緊)	pə21	pe21	pə21	pe21
273.	墨	mu44	mu44	mu44	me44	me35	me44	mu44	mu44	mu44	mu44	mu44
274.	貿 交換	mũ33	mũ33	mɯ33	mɯ33	mɯ33 xue33	mũ33	mɯ33	mɯ33	mɯ33	mɯ33	mɯ33

序號	例字	共興	洛本卓	營盤	辛屯	諾鄧	漕澗	康福	挖色	西窯	上關	鳳儀
275.	小麥	muɯ44 / go21	muɯ44 / ku21	muɯ44 / kv21	mu33 / ko21	muɯ33 / go21(緊)	m ɯ̃33 / kṽ33	muɯ44(緊) / ko21(緊)	muɯ44 / kv21	muɯ44 / kv21	muɯ44 / kv21	muɯ44 / kv21
276.	大麥	zo21	zo21	zau21	sou21	muɯ33 / go21(緊)	mũ33 / kṽ33	mi55 / za21(緊)	tso21	tso21	tso21	tso21
277.	面	mi42	mi42	mi42	mi42	jɔ21	mi42	mi42 / kã55	mi32	mi32	mi32	mi32
278. 279.	暝 暗	mie42	nua42	nɔ̃42	xe44	mie21	xuɯ33	me33	xuɯ44	xuɯ44	xuɯ44	xuɯ44
280.	晚	mẽ33	me33	me33	mei33 / ɕíɤ55	me33 / pe33kɛ21(緊)	mã33 / pã33kv44	me33	me33 / pe33kɤ32	me33 / pe33kie32	me33 / pe33kɤ32	me33 / pe33kie32
281. 282.	秣 稻草	Go44 / ma44	qa44 / ma44	qe44 / ma44	ma44	ma44	ma44	ma44	ma44	ma44	ma44	ma44
283.	墓	muɯ44	mo44	mv44	mao42	mo42 / k'o55	mao31 / k'o42	mũ31	mu32	mu32	mu32	mu32
284.	門	me21	me21	me21	mei21	me33	mã31	ma21(緊)	me21	me21	me21	me21
285. 286.	斧 斧子 斧頭	puɯ33	puɯ33	puɯ33	pũ33 (ts'ou33)	buɯ33 (tʂ'o33)	puɯ33 (ts'o33)	puɯ33 / ṽ33	puɯ33	puɯ33	pv33	puɯ33 (tsʐ33)
287.	肺	tɕ'ua44	tɕ'ua44	tɕ'ua44	p'ia44	p'ia21	p'ia33	fe44(緊)	p'ia44	p'ia44	p'ia44	p'ia44
288.	覆 覆蓋	p'uɯ42	p'uɯ42	p'ũ42	p'uɯ31	p'uɯ21	p'uɯ31	p'uɯ31	p'uɯ42	p'uɯ42	p'uɯ42	p'uɯ42
289.	浮 漂浮	buɯ55	puɯ55	puɯ55	p'io21	buɯ33	puɯ21	puɯ21	puɯ21	puɯ21	puɯ21	puɯ21
290.	蜉 蚍蜉	pv21	bu21	puɯ21	põ21	buɯ21	puɯ31	pa21(緊)	puɯ31	puɯ31	puɯ31	puɯ31
291.	亡	mũ44	mũ44	muɯ44	mu33	mu21	mu21	muɯ44	mou21	mo21	mou21	mu21

序號	例字	共興	洛本卓	營盤	辛屯	諾鄧	漕澗	康福	挖色	西窯	上關	鳳儀
292.	尾	mẽ33 qua33	mõ33 qua33	mu33 kua33	mo31 to33	ŋo21 do35	mi33 tu24	vo33 to55lo55	v33 tv35	v33 tv35	mi33 tu35	mi33 tu35
293.	戴	ti42 tʂu42	tũ42 ʈo42	tũ42 tiu42	tai55	tɯ21	tũ31 kũ31 kua44	tũ42（緊）	tu31	tu31	ti31	ti31
294.	燈	tũ55	tu55	tu55	tẽ33	tɯ35	tũ24	tũ55	tu35	tu35	tu35	tu35
295. 296.	踏 踩踏	da42	da42	da42	tã42	ta42	ta42 t'a24	ta42	ta42	ta42	ta42	ta42
297.	鐵	tɕ'i44	tɕ'i44	tɕ'i44	t'ei44	t'e44	t'ai44	t'e55	t'e44	t'e44	t'e44	t'e44
298.	頭	di31	dʑu31	tɕu31	ti31 po21	dɯ21 bo21	tsṽ31 sã42	tɯ21（緊） pa21（緊）	tɯ21 po21	tɯ21 po21	tɯ21 po21	tɯ21 po21
299.	豆	di42	duɯ42	dzɯ42	ti44	dɯ21	tu33	tɯ31	tɯ31	tɯ31	tɯ31	tɯ31
300.	大	da42	do42	do42	tou42	do21	to31	ta42（緊）	to31	to31	to31	to31
301. 302.	待 等待	di33	dʑu33	diu33	tũ33	dɯ33	tiu33	tɯ33	tiu33	tiu33	tɯ33	tɯ33
303. 304.	盜 偷盜	de31	die31	di31	tã44	da21	tã31	ta31	ta31	ta31	ta31	ta31
305.	掉	tua42	tua42	tua42	tou42	qɯ21	liao44 tou42	tua42（緊）	tio44	tio44	tio44	tio44
306.	葦	duɯ42	tuɯ42	tuɯ42	tu42	do21	tv42	tuɯ42	tuɯ42	tuɯ42	tuɯ42	tuɯ42
307. 308.	洞 孔	to44	tõ44	to44	tou42	ŋui33	tv42 kao42	tõ44（緊）	kə44	ki44	ki44	kə44
309. 310.	嫩 揉	nẽ31	ɲi31	ŋɯ31	jũ21	ɲɯ21 ɲɯ35 zɯa42	ŋɯ31	jũ21	ŋɯ31	ŋɯ31	ŋɯ31	ŋɯ31
311. 312.	囊 口袋	nõ31	nṽ31	no31	no31	nu21	no31 ɣo33	na21	nu21	no21 ne21	nu21	no21 ne21

序號	例字	共興	洛本卓	營盤	辛屯	諾鄧	漕澗	康福	挖色	西窯	上關	鳳儀
313.	膿	ɲi21	nṽ21	ɲu21	nɯ33	nu31	nõ21	no21 (緊)	no21	nue21	no21	no21
314.	肝	qã55	qã55	qa55	ke33	ga35 / ko21	kã24	kã55 / p'a44	ka35	ka35	ka35 / k'v33	ka35
315.	缸	ko33	ku33	ko33	ku33	kɤ33	ko33	ko33	kɔ44	kɔ44	kɔ44	kɔ44
316.	歌欸曲	q'ua33	q'õ33	q'ua33	k'ua33	k'ua33	k'ua33	k'uã33	k'ua33	k'ua33	k'ua33	k'ua33
317.	狗	qo44 / qou44	qõ44	qo44	kuo44	qɔ44	kv44	ko44 / tsã21	kv44	kv44	kv44	kv44
318.	角 動物	xo42	tɕ'i42	xo42	ko44	xɔ42			xɔ42	xɔ42	xɔ42	xɔ42
319.	角 錢幣						tɕio24	tɕo35				tɕio32
320.	隔	qe42	qa42	qe42	kɤ55	ke44	ke44	kɤ44	kɤ44	kie44	kɤ44	kie44
321.	教	qã55	qã55	qa55	kã44	ka35	kã24	kã55	ka35	ka35	ka35	ka35
322.	剪	ʁa42	ʁa42	qe42	kɤ42	kɛ42 (緊)	tɕia24	kɤ42	kɤ42	kɤ42	kɤ42	kie42
323.	夾	qo42	qa42					tɕa35	tɕa35	tɕa35		
324.	腳	ku44	ko44	ko44	kou55	ɢu33 / p'o33	kao44	kau44 (緊)	kou44	ko44	kou44	kɔ44
325.	瞓	ku42	qv42 / kv42	ko42	kuo42	kɤ42 (緊)	kv42	ko42 (緊)	kv32	kv32	kv32	kv32
326.	坐											
327.	救	kɯ42	kɯ42	kɯ42	kɯ42	kɯ42	kɯ31	kɯ42 (緊)	kɯ42	kɯ42	kɯ42	
328.	韭	kũ33	kɯ33	kɯ33	kɯ33 / ts'ɯ31	kɯ33 / ts'ɯ21	kɯ33 / ts'ɯ33	kɯ33 / ts'ɯ31	kɯ33	kɯ33	kɯ33	kɯ33
329.	薑	kõ55	kõ55	ko55	tɕ'i55 / kou55	tɕ'i44 / kɔ33	kõ24	tɕ'i55 / kãu55	kou35	ko35	kou35	kou35
330.	雞	qe55	qe55	qe55	ke55	ke35	ke24	ke55	ke35	ki35	ki35	ki35
331.	姑	qu55 / gu55	qv55 / gu55	qu55 / gu55	ku55	pu55 / u55 / ku35	ku24	ku55 (緊) niã33	ku35	ku35	ku35	ku35

序號	例字	共興	洛本卓	營盤	辛屯	諾鄧	漕澗	康福	挖色	西窯	上關	鳳儀
332.	蕨	kua44	kua44	kui44	kua44 ts'ɯ31	kua33	kua44 kuã44	kua44	kua44	kua44	kua44	kua44
333.	蕨菜						lã44		la44	la44	la44	la44
334.	巧	q'u33	q'u33	q'u33	vɚ42	q'u33	lua42	k'u33	k'u33	k'u33	k'u33	k'u33
335.	寬	q'ua55	q'ua55	q'ua55	k'uã55	k'ua55	k'ua55	k'ua55（緊）	k'ua55	k'ua55	k'ua55	k'ua55
336.	牽	q'ã55	q'e55 tɕio55	q'e55	k'ei55	k'e55	k'ã42	k'e55	k'e55	k'e55	k'e55	k'e55
337.	胯	q'ue42	q'ua55	q'ua55	k'o42	k'ue21	k'ue42	k'uɚ31	k'uɚ31	k'ue31	k'uɚ31	k'ue31
338.	腿											t'ui31
339.	舅	qɯ33	qɯ33	qɯ33	kɯ31	gɯ21	kɯ31	kɯ31	kɯ33	kɯ33	kɯ33	kɯ33
340.	舊	gɯ33gɯ42	gɯ33gɯ42	gɯ33gɯ42	tɕiou55	tɕu55			tɕo55	tɕo55	tɕou55	tɕiu55
341.	群	tʂ̩31	tʂẽ31	tsʐ31	kõ33	ɣo35 pa35	k'ã42 tã24	ɕ'ɯ55	kv31	kv31	kv31	kv31
342.	脆	tʂʐ31 dzʐ31	dzi31	dzɻ31	tse44 k'o21	ko21	kv31	ko31	ko31	ko31	kv31	kv31
343.	膽	ti33	ti33	ti33	tã33	da21	tã33	tã33	ta33	ta33	ta33	ta33
344.	芽	ŋɛ44	ŋɛ44 ã31	ŋɛ44	ŋɚ21 tsi33	ŋɛ21 ŋɛ21	ŋe44	ŋɚ21 tsi33	ŋɚ21	ŋɛ21	ŋɚ21	ŋɜ21
345.	我	ŋa33	ŋo33	ŋo33	ŋo31	ŋo21 ŋa55	ŋo33	ŋo31	ŋo31 ŋa55	ŋo31 ŋa55	ŋo31 ŋa55	ŋo31 ŋa55
346.	魚	ŋõ55	ŋv55	mv55	ŋo55	ŋo35	ŋv24	ŋo55	ŋv35	ŋv35	ŋv35	ŋv35
347.	語	ŋõ31	õ31	ŋv31	y33	ŋa21	jy31	y33	ŋv31	ŋv31	ŋo31	ŋo31
348.	甂	uẽ21	ue21	ŋui21	ui21	ŋui21	ŋui21	vɯ21	ue21	ui21	ue21	ue21
349.	甌		çõ55 uẽ21			k'o33	ne21					
350.	栗	ji42	ji42	jɯ42	li35	tɕ'i42 li21	tɕ'i42 li21	tɕ'i55 li31	tɕ'i42 li21	tɕ'i42 li21	tɕ'i42 li21	tɕ'i42 li21
351.	露	ka42	kõ42	ko42	kou42	go42	kv42	kã42（緊）	kv42	kv42	kv42	kv42

序號	例字	共興	洛本卓	營盤	辛屯	諾鄧	漕澗	康福	挖色	西窐	上關	鳳儀
352.	梁	no31	nõ31	nv31	nõ31	me33 / no21(緊)	nv31	----	----	----	----	----
353.	壓	ja44	a44	ja44	a44	ja44	ja44	ja44	ja44	ʑa44	ja44	ja44
354.	飲	uĩ33	uĩ33	u33	ɣɯ55	ʔu33	ŋũ33	uĩ33	ɣɯ33	ɣɯ33	ɣɯ33	ɯ33
355.	香	çõ55	çõ55	ço55	çiou44	ço35	çiõ24	çãu55	çou35	ço35	çou35	çou35
356. / 357.	休 / 休息	çã55	çõ55	çã55	çiã55	ça35	çiã24	çã35 / çau33çi35	ça35	ça35	ça35	ça35
358.	火	xue33	fe33	xue33	x'ue33	xui33 / ne21	xue33	x'ue33	xue33	xui33	xue33	xui33
359.	火煙	xue33çi55	fe33çi55	xue33si55	x'ue33çi55	xui33çi55	xue33çiã55	x'ue33ç'i55	xue33çi55	xui33çi55	xue33çi55	xui33çi55
360.	孫	çui55	sõ55	çue55	vɯ33 / sua44	ɣu21 / sua35	u31 / suã24	ɣu21 / suã55	sɿ55	suɯ55	sɿ55	si55
361.	猴猻											
362.	猴	õ55	ŋo55	ɣɯ55	vɯ33 / sua44	ɣu21 / sua35	u31 / suã24	ɣu21 / suã55	ou55	ɣo55	ou55	ɣo55
363.	汗	ɣã31	ŋã31 / ã31	jɛ31	ŋa21	ɣa21(緊)	ɲã31	ɣã21(緊)	ŋa21	ŋa21	ŋa21	ŋa21
364. / 365.	後 / 後面	ɣɯ33	ɣɯ33	ɣɯ33	ɣɯ33	ɣɯ33	ɣɯ33	ɣɯ33	ɣɯ33 / ɯ33	ɣɯ33 ɯ33	ɣɯ33 / ɯ33	ɣɯ33 / ɯ33
366. / 367.	學 / 讀	ʁɯ42	ɣɯ42	ʁɯ42	ɣɯ42	ço35	ɣɯ42 / ço24	ɣɯ42(緊)	ɣɯ42	ɣɯ42	ɣɯ42	ɯ42
368.	壺	vu21	lo55 / ue42	qu21	x'u42	t'a44 / hu21 / k'o44	ku31	kua42 tsi33 / tsa21(緊) / ku21(緊)	ku21	ku21	xu42	ku21
369.	豬	te42 / de42	de42	te42	te42	de21	tai42	te42	te42	te42	te42	te42
370.	拆	t'ua42	t'o42	t'ə42	t'ei33	t'e33	t'ai44	t'e44(緊)	t'e42	t'e42	t'i42	t'i42
371.	拆					ts'e35						

序號	例字	共興	洛本卓	營盤	辛屯	諾鄧	漕澗	康福	挖色	西窯	上關	鳳羲
372.	女	ŋo33	ŋɯ33	ŋõ33	nũ33	ŋo33	ɳv33	jõ33 / mãu33	ɳv33	ɳv33	ɳv33	ɳv33
373.	汝	no31	no31	nɯ31	nou55	no21	no31	nãu31	no31	no31	no31	no31
374.	若				na55	na55	na55	na55	na55	na55	na55	na55
375.	你											
376.	柴	si55	sẽ55	s'ẽ55	ɕ'i44	ɕi55 / kua33	ɕiã24	ɕ'i55	ɕi55	ɕi55	ɕi55	ɳv33
377.	手	ɕɯ33	s'ɯ33 / sɿ33	ɕi33	s'ɯ33	sɯ33	sɯ33	s'ɯ33	sɯ33	sɯ33	sɯ33	sɯ33 / sou33
378.	扇	sɿ55	sẽ55	sɿ55	si55	se21 / pa21	sã42	se44 / fo44 / pau44	se55	fv33 / se44	se55	fv33 / se44
379.	屎	si33 / tɕ'i55	si33 / tɕ'i55	si33 / tɕ'i55	si33 / tɕ'i55	sɿ33	si31 / tɕ'i55	si33	sɿ33	sɿ33	sɿ33	sɿ33
380.	鼠	ɕɯ33	sɯ33	so33 / sɿ33	so33	sə44	so33	so33	sv33	sv33	sv33	sv33
381.	識	tʂɿ42	si42	ɕi42	se55	sɿ35	zũ44	suɑ44	suɑ44	suɑ44	suɑ44	suɑ44
382.	葉	ʂa44	ʂe44	se44	s'e44	ʂe44	sai44	s'e44	se44	se44	se44	se44
383.	書	so55	su55	sv55	so44	sɿ35 / ts'ue33	si24 / tɕ'ue44	so55	ɕou55	ɕo55	ɕou55	ɯ55
384.	說	suɑ44	suɑ44	suɑ44	suɑ44 / tso42	qa21 / suɑ55	suɑ44	tɕã31	suɑ44	suɑ44	suɑ44	suɑ44 / tsuo44
385.	山	ʂo55	ʂẽ55	ɕo55	so42	ʂɔ̃31 (緊)	sv42	so42 (緊)	s'v32	sv32	sv32	s'v32
386.	沙	so55	ɕo55	ɕio55	s'o55	ʂo55	so42	s'au55	su55	su55	su55	su55
387.	蝨	ɕi42	ɕi42	ɕi42	ɕi42	ɕi55	ɕi42	ɕi44	ɕe42	ɕe42	ɕi42	ɕe42
388.	紗	se55	se55	se55 po31	s'e55	se21	sa55	s'e44	se32	se32	se32	ɕe32
389.	布	pɯ31	pɯ31			p'io21 / kv21	p'iao31		p'io31	p'io31	p'io31	p'io31

白語漢源詞之層次分析研究

序號	例字	共興	洛本卓	營盤	辛屯	諾鄧	漕澗	康福	挖色	西窯	上關	鳳儀
390.	霜	sõ55	sõ55	ɕo55	sʻou44	sɔ55	sõ42	sʻãu55	sou55	so55	sou55	sou55
391.	冰	sõ55 qa55	sõ55	ɕo55 pe55	sʻou44 piɛ44	sɔ55 kʻo55	sõ42	sʻãu55 pʻɚ55	sou55	piɯ55	sou55	piɯ55
392.	圓	tɕʻi55	tɕʻi55	tɕʻi55	tɕʻi55	tɕʻi55	tɕʻi55	si33	sɿ33	sɿ33	sɿ33	sɿ33
393.	屎	si33	si33	si33	si33	sɿ̃33	si33	si33	sɿ33	sɿ33	sɿ33	sɿ33
394.	灶	tsu42	tsu42	tso42	tsu42 ɕy33	tso42	ttũ42	tsa42	tsuo32	tsuo32	tsuo32	tsuo32
395.	早	tsou33	tso33 tsɯi33	tɕui33	tsu33 kʻɚ55	dzu21	tsu33 kʻe42	tsu33	tsu33 tsʻɚ33	tsv33 tsʻɚ33	tsu33 kɚ33	tsu33
396.	增	tsũ55	tsɛ̃55	tsɿ55	tɕʻiã55 kʻɯ33	tsi55	tsṽ44	tsi55	tsv44	tsv44	tsv44	tsv44
397.	子	tsi33	tsi33	tsɿ33	tsi33	tsɿ33	tsi33	tsi33	tsɿ33	tsi33	tsi33	tsɿ33
398.	酒	tsõ33	tsõ33 dzõ33	tsu33	li31tɕi44	dzɿ33 li21tɕʻi55	tsv33	tso33 lɯ31tɕi55	tsɿ33	tsɿ33	tsi33	tsi33
399.	蔥	tsʻu55	tsʻo55	tsʻo55	tsʻõ55	tsʻɿ55	tsʻv55	tsʻõ55	tsʻɿ55	tsʻi55	tsʻɿ55	tsʻi55
400.	賊	tsɿ42	tsɿ42	tsu42	tsu42	dzu21	tsu42	tsu42	tsu42	tsu42	tsu42	tsu42
401.	裁	Ga42	qa42	ka42	kɚ42	ke42	tsai42	tsʻe55	kɚ42	ke42	kɚ42	ke42
402.	在	dʑi33	tɕi33									
403.	有		dʑi33 qv42	dʑu33	zẽ31	zɿ33			tsu33	tsu33	tsu33	tsu33
404.	賊	tsu42	tsɿ42	tsɿ42	tsu42	dzu42	tsu42	tsu42 (緊)	tsu42	tsu42	tsu42	tsu42
405.	字	dzɿ44	dzũ44 zũ44	tsu44	so44	sɿ35	si24	so55	sɿ35	sɿ35	sɿ35	sɿ35
406.	小	se31	sẽ31	si31	se44	se21	sai31	sʻe31	se31	se31	se31	se31
407.	星	sã55	ɕã55	ɕẽ55	ɕʻie33	ɕe44 kʻo44	ɕv42	ɕʻɚ55	ɕɚ55	ɕe55	ɕe55	ɕe55
408.	西	si33	ɕɯi33	ɕu33	sei55 sʻe44	se33	sã24 sã31	sʻe33	se35 se33	se35 se33	ɕi44 se33	se35 se33
409.	洗											

· 704 ·

序號	例字	共興	洛本草	營盤	辛屯	諾鄧	漕澗	康福	挖色	西窯	上關	鳳儀
410.	孫	çue55	sõ55	çui55	s'ua55	sua44	suã42	s'uã55	sua55	çua55	sua55	çua55
411.	鎖	su33	tsou33	tso33	su33	soš	so33 / pe42	so33	suo33	so33	suo33	suo33
412.	蒜（蒜）	çue31	suã31	çui31	s'ua31	sua21	suã31	s'uã31	sua31	çua31	sua31	sua31
413.	雪	sui44	sue44	sui44	s'ue44	sue44	çy44	s'ue44	sue44	çy44	sue44	sue44
414.	石	do44 / dʑu44	tõ44	tiu44	tso42	tʂo42	tsou44	tsa42 / k'ue55	ta32	ta32	ta32	ta32
415.	人	ɲi21	ɲi21	ɲi21	ji21 / kə̃55	ɲi21(緊) / kə35	ji21 / kə̃55	ji21(緊)	ɲi21 / kə35	ɲi21 / kie35	ɲi21 / kie35	ɲi21 / kə35
416.	忍	ɲi33	ɲi33	ɲi33	ji31	nɯ33	zɯ31	jĩ33	sɯ31	sɯ31	zɯ33	zɯ33
417.	蠃	ɣo55	jo55	ɣo55	ji44	juɯ35	jĩ42	juĩ55	yo35	yo35	ɣo35	yo35
418.	蒸籠（溫）	ue55	uĩ55	ue55	ue21 / mei31	ŋue21 / ne21	ue55 / xo31xo31	ŋue21	ŋui21	ŋui21	ŋue21	ŋue21
419.	拜	pa21	pa21	pa21	pe31	pɛ42(緊)	tso24 ji24 / tɕ'iou42tɕĩ42	pə42	pə32	pe32	pə32	pe32
420.	鉢	pa44	qe42（金屬製） / ɲi31（木製）	pa44	pa44	pa44	pa44	pa44	to31 / pa44	to31 / pa44	to31 / pa44	to31 / ku44 / pa44
421.	屁	fu31	fe31	fe31	fv31	fv44	fo42	fo31	fv31	fv31	fv31	fv31
422.	爬	mã55	mã55	ma55	mã55	me44	me44	mə44	ma44	ma44	ma44	ma44
423.	草	bi44	dʑui44	bi44	pi44 / se33	dzɯ21 / se33	pi21	pi31	pi31 / se33	pi31 / se33	pi31 / se33	pi31 / se33
424.	蓑衣											
425.	攜	piẽ33	tɕui33	pie33	piẽ55 / piã33	pie33 / p'i44	pie55 / p'i31	piẽ33 / pia31	piẽ33	pie33	pie33	piẽ33
426.	扁											
427.	鳥	tsu42	tso42	tsu42	tsou33	tsu42	tsou33	tsau44	tsou33	tsou33	tso33	tso33
428.	踢	tɕ'ɛ44	tɕ'ɛ44	tɕ'ɛ44	tɕ'ie55	tsua35 / tɕ'ɛ44	tɕ'ɛ44 / p'a44	tɕ'ɛ44(緊)	t'ua44	t'ua44	t'ɔ44	t'ɔ44

序號	例字	共興	洛本卓	營盤	辛屯	諾鄧	漕澗	康福	挖色	西窯	上關	鳳儀
429.	聽	tʂʻɛ55	tɕʻiã55	tɕʻo55	tɕʻiə̃55	tɕʻɛ55	tɕʻv42	tɕʻə55	tɕʻə55	tɕʻe55	tɕʻə55	tɕʻe55
430.	桃子	to31 do31	to31	to31	tã21	da21	ta31	ta21 (緊)	ta21	ta21	te21	te21
431.	彈											
432.	氣	tɕʻi55	tɕʻi55	tɕʻi55	tɕʻi55	tɕʻi55	tɕʻi55	tɕʻi55	tɕʻi55	tɕʻi55	tɕʻi55	tɕʻi55
433.	硬	ŋe42	kv42	ɣe42	ŋũ44 nie42	ŋe42 (緊)	ŋẽẽ42	ŋə31	ŋə32	ŋe32	ŋə32	ŋe32
434.	蜇	tʂʻo55	tʻo42	tʻiu42	tũ44	tʂʻu55	tʻo55	tiu55	tsʻou55	tsʻo55	tɕʻio55	ŋa55
435.	長	dzo21	tõ21	do21	tsou33	tʂo21	ko24 / tsõ31	x'ə̃55 (緊)	tsou21 / kuo35	tso21 / ko35	tsou21 / kuo35	tsɔ21 / ko35
436.	茶	do55 dzo55	tõ55	tio55	tsou31	tʂɿ21	tso42	tsa21	tsɔ21	tsɔ21	tsɔ21	tsɔ21
437.	濁	dzo42	tɕo42	zɣ42	tsuo42	tʂə21	tso42	tsɔ42 (緊)	tso42	tso42	tsv42	tsv42
438.	渾濁	tʂɿ44	tɕu44	tɕo44	tso21	lɔ44 (緊)	lv33	tsɔ21 (緊)	tsv21	tsv21	tsv21	tsv21
439.	蟲	dzo̧21	tõ21	do21	tsou21	dzɔ21 / tsõ21	tsõ31 (si31)	tsã21 (緊)	tsou21	tso21	tso21	tsou21
440.	腸					di55						
441.	嘗								a31tsɿ44	a31tsi44	a31tʂ44	a31tsi44
442.	蒸	diɯ55 tiɯ55	tʃuɯ55	tũ55	tɕĩ55	dze55 / tsuɯ35	tsuɯ24	tsũ55	tsv33	tsv33	tsv33	tsv33
443.	煮	tso33 tɕu33	tɕu33	tso33	tsuo31	tsa42 (緊)	tso31	tso33				
444.	俅	tsʻi55 tɕʻi55	tɕʻi55	tsʻɯ55	tsʻe55	tʂʻɯ55	tsʻɯ55	tsʻɯ55	tsʻɯ55	tsʻɯ55	tsʻɯ55	tsʻɯ55
445.	短											
446.	種子	tsõ33	tɕõ33	tɕu33	tso33	dzo̧44	tsṽ24	tsõ33 / tsi33	tsv33	tsv33	tsv33	tsv33

序號	例字	共興	洛本卓	營盤	辛屯	諾鄧	漕澗	康福	挖色	西窯	上關	鳳儀
447.	動詞 種 種植	tsõ33	tɕu42	tɕu42	tso42	kɛ35 tʂɤ42 dzɤ42	tsʼi42 kɛ24 fo42	tsõ42 tsõ55	tsv42	tsv42	tsv42	tsv42
448.	名詞 種 種類											
449.	臭	tsʼu31	tʼv31 tʼu31	tʼiu31	tsʼu33	tsʼu31	tsʼu31	tsʼu31	tsʼu31	tsʼu31	tsʼu31	tsʼu31
450.	射	do44	ʈo44	dzʅ44	tsou42	dzu42	tsao31	tsaa42⁽緊⁾	tsou42	tso42	tsou42	se55
451.	舌	di44	ʈe44	tie44	tse42	dze21 pʼi21	tsai42	tse42 pʼʅ21	tse42	tse42	tse42	tse42
452.	水	ɕui33	ɕui33	ɕui33	ɕy33	ɕui44	ɕy21	ɕui33	ɕy33	ɕy33	ɕy33	ɕy33
453.	城	ʈiã21	ʈiã21	tse21	tsʼẽ42	tse21⁽緊⁾	tsʼu42	tsɤ21tsɤ21	tsɤ21	tse21	tsɤ21	tsʼu42
454.	樹	dʐʅ42	dʑu42	dzuĩ42	tɕĩ31	dzʮu21⁽緊⁾	tsɯ31	tsɯ31tsɯ31	tsɯ31	tsɯ31	tsɯ31	tsɯ31
455.	熟 果實	dzɤ42	tɕo42	tɕo42	jã21	tʂo42	jɯ33ta33 lo31	tʼɯ31	tsv42 xɯ33	tsv42 xɯ33	tsv42	xɯ33
456.	熟 米飯	----	pʼo55	----	tʼɤ55	xɯ21	xũ31	sʼɤ44 ta42	----	----	----	----
457.	鐲	tɕi21	tue21	ɕi33 ti21	tɕi21 pʼou44	dzi21 pʼɔ33	tɕi33 pʼou44	tɕi21⁽緊⁾	tɕi21 pʼou44	tɕi21 pʼou44	tɕi21 pʼou44	tɕi21 pʼou44
458.	抓	tsua55	qa55	tsua55	tsua55	qɤ33 kɛ33	tsua44 tɕie44	tsua55	ka55 sɔ55	ka55 sɔ55	ka55 sɔ55	sɔ55 tsua55
459.	拔	dzua42	tɕio42	pia42	tsʼo55	tʼue42 tʂua42 to42 pia42	pia42 ma31	ma21⁽緊⁾	tɕi33 sɔ55	tɕi33 sɔ55	tɕi33 sɔ55	tɕi33 sɔ55
460.	拉											
461.	榨	tsa55	tsa55	tʂa55	tsã55	tsa33	kao42	tsa44⁽緊⁾	tsa44	tsa44	tsa44	tsa44
462.	榨油											

序號	例字	共興	洛本卓	營盤	辛屯	諾鄧	漕澗	康福	挖色	西窯	上關	鳳儀
463. 464.	炸 煤	tsa55	tsa55	tsa55	tsa55	ʂu33 tʂa33	tsa31	tsa55 tsã55	tsa55	tsa55	tsa55	tsa55
465. 466.	雙 双	sõ55	çõ55	ço55	ço44	tse33 sɤ55	suã24 tɕã33 sv42	tɕĩ33 s'õ55 k'ɤ33	sv55	sv55	sv55	sv55
467. 468.	入 進入	ɲi44	ma44 ɲi44	ni44	ji44	ɲi44	pe33 ɲɯ24	ji44	ʑi44	ʑi44	ʑi44	ʑi44
469.	箭	tɕi42	tsɛ42	tsi42	tɕi42	tɕi42 (緊)	tɕiã31	tɕĩ42 ma42	tɕi32	tɕe32	tɕe32	tɕi32
470.	接	tʂa44	tɕa44	t'a44	tɕa44	tɕa21	tɕia44	tɕa44 (緊)	tɕa44	tɕa44	tɕa44	tɕ'a44
471.	尖	tsɯ55	tsɛ̃55	tɕi55	tɕi55	t'io55	ji31	tsɛ̃55	tɕe35	tɕe35	tɕe35	tɕe35
472.	茱 蔬茱	ts'e42	ts'i42	ts'i42	ts'ɯ31	ts'u21 (緊)	ts'ɯ33 sai31ts'ɯ33	ts'ɯ31 ts'ɯ31so55	ts'ɯ31	ts'ɯ31	ts'ɯ31	ts'ɯ31
473.	清 清稀	tɕ'ɛ55	tɕ'a55	tɕ'o55	çiou33 xa33	tɕ'ɛ55	tɕ'v42	tɕ'ɤ55	tɕɯ32 tɕ'i55	tɕɯ32 tɕ'i55	tɕɯ32 tɕ'i55	tɕɯ32 tɕ'i55
474.	粗	tɕ'u55	tɕ'u55	tɕ'u55	ts'u55	ts'u55	ts'u42	ts'u55	ts'u55	ts'u55	ts'u55	ts'u55
475.	掃	ts'u44 tʂ'u44	t'o44	t'iu44	ts'ou55	so33	tɕy44	ts'au44	tsue44	tsue44	tsue44	tsui44
476.	塞	ts'i55	tɕ'i55	tɕ'u55	ts'ɯ42	ts'u55	tsu24	ts'ɯ55	tsu35	tsu35	tsu35	tsv35
477.	撒 撒種	sa44	sa44	sa44	sa44	sa44	sa44	sa44	kou44 ka35 kv44	ko44 ka35 kv44	tsv44 ka35 kv44	sa44 tsi33
478.	撒 撒尿	ʂi33	çi33	sɛ̃33	si33	ʂʅ33	sa33	si55 s'au31	ɕu33	çi33	ɕɯ33	çi33
479.	算	ɕui42	suĩ42	çui42	sua42	sua31	çuã33	suã42	sui44	sui44	sue44	sue44
480.	篜	tʂui44	ʈue44	tsui44	tɕue42 ke44	tʂue33 kɔ21 (緊)	tɕui44 kɯ33	tsui31 kɯ31	tsue44	tsui44	tsue44	tsue44

序號	例字	共興	洛本卓	營盤	辛屯	諾鄧	漕澗	康福	挖色	西窯	上關	鳳羲
481.	烏	u55	u55	u55	x'u44	xu35	ua44	xu44(緊)	v55	v55	v55	v55
482.	花	xue55	xu55	xo55	xu55	xɔ35	xo24	xu55	xuo35	xuo35	xuo35	xuo35
483.	蝦	ɣo44	ɣo44	ɣo44	ɣo21	ɣa21	ɕia44	ɣa21	ɔ21	ɔ21	ɔ21	ɔ21
484.	扔											
485.	拋	liu44	ʂɛ55	pio55	lɛ44	ʂẽ	liao42	liau44	piɤ35	pie35	piɤ35	liou44
486.	擲	võ33										
487.	甩											
488.	李子	----	xɯ33	----	tso44 / xɯ33tsʅ44	xɯ33tsʅ33	xɯ33 (tsi33)	xɯ33	xɯ33	xɯ33	xɯ33	xɯ33
489.	萬	me31	me31	me31	vã55	va55	v ṽ31	võ31	ŋv31	ŋv31	ŋv31	ŋv31
490.	碟	ta42	ta42	ta42	tie35	dɔ33	tɕia42	tie55	ti35	tie35	tie35	tie35
491.	誃	ge44	qai44	ke44	ke44	ke44	kai44	ke44	ke35	ke35	ke35	ke35
492.	九	tɕi33	tɕi33	tɕɯ33	tɕɯ33	tɕɯ33	tɕɯ33	tɕɯ33 / tɕau33	tɕɯ33	tɕɯ33	tɕɯ33	tɕɯ33
493.	近	dzɤ33	tʂ'uo33	ts'o33	tɕi33	dzʅ33	tɕuã42	tɕi33	tɕe33	tɕi33	tɕe33	tɕi33
494.	額 / 額頭	ŋe44	ŋa44	ŋe44	ŋɤ33 / t'ei55	ŋe33de33 ne21	ŋe33tai44	õ44(緊) / te44	ŋa44te44 / tɯ21	ŋa44te44 / tɯ21	ŋe44tɯ44	ŋe44tɯ44
495.	銀	ɲi21	ɲi21	ɲi21	ji21	ɲi21	ɲi21	ji21(緊)	ɲi21	ɲi21	ɲi21	ɲi21
496.	造	nɯ31	na21 / mũ31	kɯ31	ei55	nɯ21	tɯ21	li31	tɯ31	nɯ31	nɯ31	tɯ31
497.	月	ua42	nõ42	ŋua42	mi55 / ua44	ŋua33	mi44 / uã44 / jue24	uã44	mi35 / ua44	mi35 / ua44	mi35 / ua44	mi35 / ua44
498.	針	tsʅ 55	tʂẽ55	tsʅ55	tsɿ55	tʂʅ35	tsṽ24	tsʅ55	tsʅ35	tsʅ35	tsi35	tse35
499.	姐	tse33	tse33	ta33tɕi33	tɕi33	tɕi21	ta33	tɕi55	tɕi33	tɕi33	tɕe33	tɕe33
500.	草	tɕ'u33	q'v42	tɕ'u33	ts'õ33	ts'u44	ts'u33	ts'u33	ts'o31	ts'o31	ma33	ma33
501.	嫂		tɕ'u33								ts'u33	ts'u33

白語漢源詞之層次分析研究

序號	例字	共興	洛本卓	營盤	辛屯	諾鄧	漕澗	康福	挖色	西窯	上關	鳳儀
502.	淺	tɕʰi33	xɯ55 xɯ55 a31 mu33	tɕʰie33	po33 pie33	tɕʰi33	tɕʰiã31	tɕʰi33	tɕʰi33	tɕʰi33	tɕʰi33	tɕʰi33
503.	干	tɕʰe55	tsʰi55	tsʰi55	tɕʰi55	tio33 tɕʰi55	tɕiã42	tɕʰi55	tɕʰi55	tɕʰi55	tɕʰi55	tɕʰi55
504.	疤 瘡疤	qa55	tʰa55pa55	tɕia55	tsõ55	tɕa35pa35	tɕia24pa24	pa33	tso55	tso55	tsv55	tsv55
505.	澀	a42 tsua42 (kʰui42)	ʂe42	sɿ42	a42 tsuo42 (sɯ35)	ʂʅ42	si21 (tsʰi21)	si44 (緊)	sa42	səˠ42	ɕi42	ɕi42
506.	雲	ʁe31ŋe31e31	ã31ŋa31mo31 qo31	ʁe31ŋe31 e31	vu21lo21	v21 ko35	pu21kv42	vo21 (緊)	v21	vv21	v21	v21 je21
507.	圓	ui21	uɛ̃21	zuɛ21	ŋui21	ue21	uã21 juã21	uẽ21	ue21	ui21	ui21	ue21
508.	胃	zʅ42	zʅ42	ɣe42	zʅ21	v21	ue42	vo42(緊) ue44(緊)	v42	vv42	ve42	ui42
509.	雨	zʅ33	dʑe33	zʅ33	vɯ33	v33 ɕi33	vo21 ɕi33	vo33	vz33 ɕi33	v33 ɕi33	v33 ɕi33	v33 ɕi33
510.	蠅	zʅ55	cõ55 mõ55	iũ55	sɯ21 zɯ21	zʅ21(緊)	zũ42	zɯ21(緊)	sɯ21	sɯ21	zɯ21	zɯ21
511.	用	ŋu42	nõ42	no42	niou42	jo21 zɤ21	zv31	jã42	ʑv31 sv31	zɔ31	zv31	nv31
512. 513.	容 易	uo42	ɣo42	u42	ɣo42	ju55 ji33	zõ24 ji33	ɣa42 (緊)	ou42	o42	ou42	u42
514.	橘子 桔子	----	tɕõ55tsi31	----	tɕu55tsʅ33	----	tɕu24tsi33	ju35(緊)tsi31	tɕu35tsʅ44	tɕu35tsˠ44	tɕu35tsˠ44	tɕy35tsʅ44
515.	包	pou55	po55	kou55	pou55	ɢo33	ko55	pau55	po55	po55	po55	po55
516.	八	tɕuã44	tɕua44 tʂua44	pia44	piã44	pia44	pia44	pia44(緊) pa35	pia44	pia44	pia44	pia44

序號	例字	共興	洛本卓	營盤	辛屯	諾鄧	漕澗	康福	挖色	西窯	上關	鳳儀
517.	偏	tɕʼuẽ55	tɕʼuã55	pʼie55	piɚ55	ue35	pʼie42	pʼiɚ55 ɕe42	pʼiɚ55	pʼie55	pʼiɚ55	pʼie55
518.	皮膚	**bi31ka55**	tɕui31qo44	pi31ka55	pe21	pe33tʂo35	ke33pai31	pe21	pe35	pe35	pʼi42fv44	pe35
519.	薄	po42	po42	po42	po42	po42	pao42	pa42（緊）	pou42	po42	pou42	po42
520.	母	mũ33	mõ33	mo33	mou33	mo33	mo33 mu33	mau33 mãu33	mo33	mo33	mo33	mo33
521.	姆											
522.	馬	mã33	mã33	me33	mɚ33	me33	me33	mɚ33	mɚ33	mɚ33 u33	mɚ33 u33	me33
523.	夢	mũ44	mũ44	mu44	mi55 mou55	mu33	mũ44	mu31	mu44	mu44	mu44	mu44
524.	腦	nõ33	nõ33qa55	nv33	nõ33tsi33	no33kɚ31	nõ33	nau33ɕy33	nɔ33	nɔ33mɯ31	nɔ33kʼv31	nɔ33mɯ31
525.	泥	nõ31	ne31	ni31	ne21	ni21 tɕʼi55	nã31	pʼɚ55 ne21	ne21	ne21	ne21	ne21
526.	高	qã55	qõ55	qõ55	kã44	ka35	kã24	kã55	ka35	ka35	ka35	ka35
527.	乾											
528.	金	tɕi55	tɕi55	tɕi55	tɕi44	tɕi35	tɕiã24	tɕi55	tɕe35	tɕi35	tɕe35	tɕe35
529.	骨	qua44	qua44	qua44	kua44	kua44	kua44	kua44（緊）	kua44	kua44	kua44	kua44
530.	刮	kua55	pa55 kua55	kua55	kua44	kua55	kua24	kua55	kua35	kua35	kua35	kua35
531.	刮風	----	----	----	tsõ44	tʂʼu33	----	tsʼau44（緊）	----	----	----	----
532.	哭	qʼu44	qʼu44	qʼu44	xɯ55 me33	kʼu44	kʼao44	ko44	kʼou44	kʼo44	kʼou44	kʼou44
533.	空	qʼõ55	qʼõ55	qʼo55	kʼõ55	kʼɚ55	kʼv55	kʼõ55	kʼv55	kʼv55	kʼv55	kʼv55
534.	寬	qʼua44	qʼua44	qʼo44 qʼua44	kʼuã44	kʼua44	kʼua44	kʼua44（緊）	kʼua44	kʼua44	kʼua44	kʼua44
535.	黑	χɯ44	χɯ44	xɯ44	xɯ33	xɯ55	xɯ33	xɯ44（緊）	xɯ44	xɯ44	xɯ44	xɯ44

白語漢源詞之層次分析研究

序號	例字	共興	洛本卓	營盤	辛屯	諾鄧	漕澗	康福	挖色	西窯	上關	鳳儀
536.	七	tsʻi44	tsʻi44	tsʻi44	tɕʻi44	tɕʻi44	tɕʻi24	tɕʻi44	tɕʻi44	tɕʻi44	tɕʻi44	tɕʻi44
537.	漆											
538.	蠶	tsa31	zã31	tsa31	tsã21 tsi33	tsa21	tsã31	tsã21	tsa21	tsa21	tsa21	tsa21
539.	三	sã55	sã55	sa55	sʻã55 sã55	sa55	sã55	sʻã55 sã55	sa55	sa55	sa55	sa55
540.	四	si44	ɕi44	ɕi44	ɕi44	ɕi33	ɕi33	ɕi44 si44	ɕi44	ɕi44	ɕi44	ɕi44
541.	心	ɕĩ55	sʻẽ55 sẽ55	si55	ɕĩ44	ɕi44	ɕia24	ɕĩ55	ɕi55	ɕi35	ɕi55	ɕi35
542.	死	si33	ɕi33	ɕi33	ɕi33	ɕi33	ɕi33	ɕi33	si33	ɕi33	si33	ɕi33
543.	十	tʂʅ42	tʂe42	tse42	tsi42	tʂʅ42	tsi42	tsi42 si35	tsʅ42	tsi42 si35	tsʅ42	tsi42
544.	拾											
545.	筆	tia44	tia44	te44	tse55	tʂe33	tse33	tsɚ44（緊）	tsɚ44	tse44	tse44	tsɚ44
546.	鵬	a42	a42	a42	a44	a33	ɣa33	a44（緊）	a44	a44	a44	a44
547.	一	a44	a44	a44	ji44	a44	ji44	a44ji35	a44ji44	ʑi44	a44ji44	ʑi44
548.	衣	ji55	ji55 ji55	ji55	ji55 kuã55	ji35 pe21	ji24 kuã24	ji55 kuã55	ji35 pe32	ji35 kʻo55	ʑi35 pe32	ʑi35 pe32
549.	羊	jõ31	ɲo31	ɲo21	jũi21	jo21	jõ31	jã21（緊）	jou21	ʑo21	jou21	jou21
550.	夜	jo42	jo42	jo42	ɕiɤ55	jo21	jo42	ja42（緊）	jɔ32	jɔ32	jɔ32	jɔ32
551.	房	χa42 ha31	xo42	xo42	xʻou31	ho21 kɛ35	xo31 kv24	xʻau31	xɔ31 tɕia35	xɔ31 tɕia35	xɔ31 tɕia35	xɔ31 tɕia35
552.	胍	pʻv44	pʻo44	pʻo44	pʻou44	pʻo44	pʻao44	pʻau44	pʻou44	pʻo44	pʻou44	pʻou44
553.	被子	ba42	po42	po42	po42	lo21po21	lo21po33	pe42tsi21	lo31po31	lo31po31	lo31po31	lo31po31
554.	躐	bo33	po33	pa33	pa31	pa21	pã31	pa21（緊）	pa33	pa33	pa33	pa33
555.	尾	mu33	me33	ŋv33	**mo31to33lo55**	ŋo21（緊）	mi33tu24	vo33to55lo55	mi33tu35	mi33tu35	mi33tu35	mi33tu35

附錄：白語漢源詞語源材料

序號	例字	共興	洛本卓	營盤	辛屯	諾鄧	漕澗	康福	挖色	西窯	上關	鳳儀
556.	刀	tie55	ti55	tã55	tou55	i44ta44	ji24tã44	ji55tã55	ji35ta35	ji35ta35	ji35ta35	zi35ta35
557.	兔	t'o33	t'o33	t'o33	tou42lou33	t'o55lo21	t'o42lo33	tau55lau55	t'a33la33	t'a33la33	t'a33la33	t'a33la33
558.	吃	ju44	ju44	z̧44	ju44	ju44	ju44	ju44	ju44	ju44	ju44	ju44
559.	嚼	dzu42	za42	dza42	tsou42	tso42	tsao42	tsa42	tsou42	zu44 yu44 tso42	tsou42	tsou42
560.	塘	bu33	bu33	bu33	t'ã55				pu33	pu33	pu33	pu33
561.	池塘					cy33bu33	cy21pu33	pu33pu33				
562.	箸	dzo42	dzo42	dzʅ42	tso44	tsʅ21(緊)	tsʋ31	tso31	tsv31	tsv33	tsv35	tsv31
563.	筷子			dzɳ42								
564.	滾	lu33	lo33	lu33	lɯ33	lue35 tsu21	kuã31	kũ31	lue31	lui31	lue31	kui31
565.	炕	gu42	gõ42	gv42	k'ou55	go21	k'õ31	k'ã44	kou42	ko42	kou42	ko42
566.	烤火						ko33	kãu31	k'ou31	k'o31	k'ou31	k'o31
567.	蕎麥	go21	ku21	ku21	kõ21	go21(緊)	kṽ33	ko21(緊)	kv21	kv21	kv21	kv21
568.	鵝	õ21	õ21	õ21	ou21	ɔ21	ŋõ31	ãu21(緊)	ou21	o21	ou21	ou21
569.	五	ŋõ33	ŋv33 v33	ŋu33	ŋu33	ŋu33	ŋõ33 õ33	ŋo33 u31	ŋv33	ŋv33	mv33	mu33
570.	力	yu42	yu42	yu42	ve42	yu42(緊)	yu42	yu42(緊)	yu42	yu42	yu42	yu42
571.	力氣											
572.	龍	lu21	lṽ21	lu21	lo21	no21(緊)	nv31	no21(緊)	nv21	nv21	nv21	nv21
573.	喝斥											
574.	罵	χɛ44	xɐ3x	χɛ44	s'ua44	xɐ21(緊)	yu33	sua44(緊)	yu44 xɤ44 lu44	u44	yu44 xɤ44 lu44	u44 lu44
575.	攓	xũ33	χũ33	χũ33	ɕĩ55	xu33	xu44	xũ33	xu44	xu44	xu44	xu44

白語漢源詞之層次分析研究

序號	例字	共興	洛本卓	營盤	辛屯	諾鄧	漕澗	康福	挖色	西窯	上關	鳳儀
576.	虎	lo31	lo31	lo31	lou21	lo21 dep21	lo31 tɯ33	la21（緊）	lo21	lo21	lo21	lo21
577.	**鑰**	ʈo42	dzʐu42	do42	tsou42	tʂo21	tsou33	tsa42（緊）	tso33	tso33	tsu33	tsu33
578.	鑰匙											
579.	餘	lui55	lv55tsʻa55	lu55	lu55	dʑi33 lu55	lu24 tʻa42	lu55	lu35	lu35	lu35	lu35
580.	足夠											
581.	班鳩	（tɕi55） kɯ55	（tɕi55） kɯ55	（tɕi55） kɯ55	kou33 tsi33	tɕɯ33 kɯ33 （dɯ21）	ko44 tsi33	kau55 tsi33	ko33 tsi33	ko33 tsi33	ko33 tsi33	ko33 tsi33
582.	鴿（子）											
583.	蚊（子）	mu44	mo44qo33	mu44	mũ44tsi33	uɯ44	mou44tsi33	**mãu44（緊）tsi33**	mo44tsi33	mo44tsi33	mo44tsi33	mo44tsi33
584.	包穀	po42ku44	xã42mɯ44	xa42mɯ44	ie55mu55	ȵɯ55me55	ȵi44mɛ44	juẽ55mu55	jui44mu44	jui44mu44	jui44mə44	jui44mə44
585.	玉米											
586.	豹（子）	pi42	xu55lo21 pie42	pie42	pã42	ue55u33	pã31	pã42	pa44	pa44	pa44	pa44
587.	淡	pia42	pia42	pia42	pie55 pou42	tɕʻe55	pie42	piɤ42（緊）	piɤ42	pie42	piɤ42	pie42
588.	鍋	tsʻõ55 tʂʻẽ55	mɯ21 tʻ ã55	tʻie55	ku44	kʻɔ33	ko24	ku55 pʻĩ31	kuo35	ko35	kuo35	kuo35 pe21
589.	件	kʻv55	kʻu55	kʻou55	kʻou55	tʻe55	lia31 kʻo42	kʻãu55	tʻe55	tʻe55	tʻe55	jo44
590.	公（動物）	pũ55	pv55 （tse55）	po55	pũ55	po35	po24	pau55	tou35	to35	kɯ35 kua44	tou35
591.	蹲	tsʻou42	tsʻo42	tsʻi42	tsʻv31	tsua33	tsuã31	tsʻo44（緊） tʻɯ55	tsua33	tsua33	tsua33	tɕa33
592.	掏 刺	tɕʻi44	tsʻe44	tsʻi44	tɕʻi44	tɕʻe44 tʂʻa44	mõ33 tɕi31	ua42（緊） vo42	tɕʻui44 tɕʻi44	tɕʻui44 tɕʻi44	kʻi44 mu44	kʻi44 tʻv44

序號	例字	共興	洛本卓	營盤	辛屯	諾鄧	漕澗	康福	挖色	西窯	上關	鳳儀
593.	汗/ 䐯	tse55	tsã55	tsʅ55	tsã55	tsa35	la44t'a44	tsã55	tsue33	tsuɜ33	la44t'a44	tsuɜ33
594.	還 (物)	ɕŋ55	ɕi55	ɕɯ55	pã33	ʂɯ55	suɯ55	pɜ21 (緊)	suɯ55	suɯ55	suɯ55	suɯ55
595.	贖	tsʅ21	tɕo21	tsṽ21	lɯ31 pu55 ʔɜ33	dzʐ21	tsṽ42	tɕi21 (緊)	tsu21	tsue21	tɕo21	jo21
596.	稠	ȵi42	so55te42	ku55	ku55	qu35	ku24	ku55	ku35	ku35	ku35	ku35
597.	誇	k'ui42	k'ui42	k'ui42	k'o42	za21	k'ua42	k'ua44 (緊)	lia35	lia35	ʑia35	lia35
598.	笑	su42	sṽ42	s'o42	s'ãu44	sɔ21	so31	ɕ'i31	sɔ31	sɔ31	sɔ31	sɔ31
599.	痣	ʂu42	ɕu42	ɕua42	ɕu42	ɕu21	ɕiõ42	ɕɔ̃42	ɕou42	ɕou42	ɕu42	ɕou42
600.	哄騙	tɕou31	lo42	ts'uo31	xõ31	tɕu35	va42	xõ31	sua31	sua31 ɕua31	sua31	tɕiou31

續附錄一：白語語音系統之濁古小舌音詞彙

小舌音	序號	漢譯	共興	洛本卓	營盤	大華	俄嘎	金滿	恩棋	妥洛	彌羅嶺	諾鄧
q	1.	稻	qo42	qo42	qo42	ko42	qo21	qo21	qo21	ʁo35	ko42	gɔ42
q	2.	江	qõ55	qõ55	qõ55	qõ55	qɯ55	qõ55	qo21	qõ55	ku55	qo55qo55
q	3.	河		dʑo31								
q	4.	湖	qo42	qo42	qo42	ko42	li21	li21	qo21	ʁɔ35	qo31	Gɔ21Gɔ21
q	5.	海		lu31 / bɯ33			bɯ21	bɯ21		ʁɔ35		
q	6.	打	qã55	qã55	qa55	qã55	qã55	qã55	qa55	qã55	tsa44	du21 / tse42
q	7.	銅	qã33	qõ33	qã33	qõ33	qa33	qã33	qa33	qã33	tu31	gɯ21 / dɘ21
q	8.	骨頭	qua44	qua44	qua44	qua44	qua44	qua44	qua44	ku44	quã44	kua44
q	9.	竪									kua44	
q	10.	肝	qã55	qã55	qa55	qã55	qõ55	qã55	qa24	qõ55	kã55	ga35 / ko21
q	11.	缸										
q	12.	葭（蘆葦）	qe55	qo55	qe55	ko55	qe55	qe55	qe55	qa55	ke55	qe35
q	13.	指甲	qa42	qa42	qe42	ke42	qa42	qa42	qa42	qa42	ke42	ge42
q	14.	舅父	qɯ33 / gɯ33	qɯ33 / gɯ33	qɯ33 / gɯ33	gɯ33	qɯ33	qɯ33	qɯ33	gɯ33	kɯ33 / tɕo55	gɯ21 / tɕu55
q	15.	姑	qu55	qv55	qu55	qu55	qu55	qu55	qu55	qu55	ku555	pu55 / u55 / ku35

小舌音	序號	漢譯	共興	洛本草	營盤	大華	俄嗄	金滿	恩棋	妥洛	彌羅嶺	諾鄧
q	16.	角	qo44 / qou44	qõ44	qo44	kv44 / ko44	qo44	qo44	qo44	qo44	qo44	qo44
q	17.	樣	qe55	qẽ55	qe55	qe55	qe55	qẽ55	qe55	qe55	ke55	ke35
q	18.	雞	ɢa21	qa42	qa42	qa42	qa21	qa21	qa21	ʁɔ35	ka21	ka21
q	19.	刺猬	qa42	qa42	qe42	ke42	qa55	qa55	qa55	qa42	ka42	ke42
q	20.	鱗										
q	21.	殼										
q	22.	稻草（株）	ɢo44（ma44）	qa44（ma44）	qe44（ma44）	qo44（ma44）	ma55	qo55 / qua55	qua44	mo42	ma44	ma44
q	23.	麥秸	qua42	qua42	qua42	qua42	qua42	qua42	qua42	qua42	kua42	kua42
q	24.	肉	ɢe21	qa21	qe21	qo21	qa21	qa21	qa21	ʁa35	qa21	ke21
q	25.	木棍	qua44	qua44	qua44	qua44	qua44	qua44	qua44	qua42	kua42	kua33
q	26.	鼓	qo33	qo33	qo33	qo33	qo33	qo33	ɢu33	qo33	ku33	gu55
q	27.	亮	qã33	qã33（pã42）	qe33	qõ33	qa33	qã33	qa33	qã33	（ma21）	kɛ33
q	28.	影										
q	29.	今天	qe55	qõ55	qe55	quɯ55	qe55	qe55	qe55	qã55	ka55	ke55
q	30.	乾	qã55	qõ55	qõ55	qã55	qo55	qã55	qa55	qõ55	kã55	ka35
q	31.	高										
q	32.	周	qã55	qo55	qe55	qe55	qa55	qo55	qe55	qã55	kẽ55	ke35
q	33.	壞	que42	que42	que42	kue42	que42	que42	que42	que42	que42	xe44
q	34.	盛飯	qe55	qa55	qu55	qu55	qu55	qu55	qu55	qe55	ku55	qu35
q	35.	隔	qa42	qa42	qe42	ke42	qa42	qa55	qa55	qa42	ka44	ke44
q	36.	鈎	qu55	qu55	qu55	qɯ̃55	qu55	qu55	qu55	qu55	kɯ55	kɯ55
q	37.	垢	qu33	qɯ̃55	qu55	qu55	qu55	qu55	qu55	qu55	qu55	gu44（緊）

小舌音	序號	漢譯	北國	洛本卓	營盤	大華	俄戛	金滿	恩棋	妥洛	彌羅嶺	諾鄧
q	38.	夾茶	ʁa42 qo42	Ga42 qa42	qe42	qo42	qa42	qa42	qa42	ʁa42	ka21	kɛ42（緊）
q	39.	剪	ʁa42 qo42	Ga42 qa42	qe42	qo42	qa42	qa42	qa42	ʁa42	ka42	kɛ42（緊）
q	40.	教	qa55	qã55	qa55	qã55	qa55	qa55	qa55	qa55	kã55	ka35
q	41.	賣	Ge21 qu21	ʁɯ21 qu21	qu21	kɯ21	qɯ21	qɯ21	qɯ21	ʁɯ21	kɯ21	qɯ21
q	42.	舀水	qe55	qa55	qɯ55	qɯ55	qɯ55	qɯ55	qɯ55	qe55	kɯ55	Gɯ35
q	43.	價	qa42	qa42	qa42	qo42	qa42	qa42	qa42	qa21	ka42	ke21
q	44.	更換	qa42	qa42	qa42	ke42	qa42	qa42	qa42	qa42	ke42	kɛ42
q	45.	葫蘆	qo42	kv55 lo55 ue42	qu42	ko42	q'o44	xu42	vu42	vu42	ko21 kua42 tsi33	ku21 k'o44
q	46.	茶盅										
q	47.	合	qa55	qa55	qa55	qa55	qa21	qa21	qa21	qa21	ka21	ka21
q	48.	寒冷	qa44 ka44	qa44 ka44	qa44 ka44	ka44	kɯ55	kɯ55	kɯ55	kɯ55	kɯ55	gɯ35 ga21
q	49.	胖子（項）	qõ42	qõ42	qo42	kv42	qo42	qo42	qo42	qo42	ko21	Go21 ko21
q	50.	鞠	qu42	qu42	qu42	qu42	qu42	qu42	kɯ42	qu42	vã33	qu42（頭） me33（彎）
q	51.	點頭										
q	52.	彎腰										
q	53.	碗	qe42	qe42	qe42	qe42	qe42	qe42	qe42	qe42	kɛ42	ke42
q	54.	看 看見	ĩ55 qe42	ʔe55 qe42	ʔe55 qe42	i55 kɛ42	qe42	qe42	qe42	qe42	ʔe33	ʔa33

小舌音	序號	漢譯	共興	洛本卓	營盤	大華	俄嘎	金滿	恩棋	妥洛	彌羅嶺	諾鄧
q	55.	更改	qẽ42	qe42	qe42	ke42	qa42	qã42	qa42	qõ42	ke21	ke21
q	56.	頂	qa42	qa42	qa42	ka42	qa42	qa42	qa42	qa42	ke42	ka33
	57.	帽子										k'a33
	58.	劇	qe42	qo42	qe42	ke42	——	——	——	——	tsue44	tɕo55
q	59.	最										
q	60.	極										
q	61.	櫃	qa42	qa42	qa42	qa42					ka44	ko21
q	62.	匣										ke35
q	63.	虹	qo42	qo42	qo42	ko42	——	——	——	——	ko44	go42
q	64.	膠	qo55	qõ55	qo55	qõ55	——	——	——	——	ku55	ku55
q	65.	裂（開）	qe42	qo42	qe42	ke42	tɕyi21 t'o55	p'o42	p'a42	p'ɛ42	k'ɛ55	pɛ35 t'ɛ33
qu	66.	卵石	qua33	qõ33	qua33	que33	——	——	——	——	k'ue55	k'ue55
qu	67.	官	quã55	qõ55	qua55	kuã55	qua55	qua55	qua55	qua55	kuã55	kua55
qu	68.	簑	quã33	que33	qua33	kua55	——	——	——	——	kue33	ua42
q'u	69.	腿	q'ua33	q'ua33	q'ua33	q'o33	q'ua33	ko33	q'ua33	q'ua33	k'ua42	k'ue21
q'u	70.	寬	q'ua44	q'ua44	q'ua44	q'ua44	q'ua44	q'ua44	q'ua44	q'uo44	k'uã44	k'ua44
	71.	偏		q'o44								
q'u	72.	狗	q'ua33	q'õ33	q'ua33	q'ua33	q'ua33	q'õ33	q'ua33	q'ua33	k'ua33	k'ua33
q'u	73.	嘔吐	q'ue33	q'ue33	q'ue33	q'ue33	tɕ'a44	tɕ'a44	q'ue33	k'ue33	ti42 t'v42 / t'u42	ta21（緊）
q'u	74.	蘑草	q'u55 q'ou55	q'u55	q'u55	k'ou55	q'u55	q'u55	q'u55	q'u55	k'o55	k'u55 k'ou55

小古音	序號	漢譯	共興	洛本卓	營盤	大華	俄嘎	金滿	恩棋	妥洛	彌羅嶺	諾鄧
qʼu	75.	哭	qʼu44	qʼu44	qʼu44	qʼu44	qʼu44	qʼo44	qʼo44	qʼo44	kʼo44	kʼu44
qʼ	76.	客人	qʼa42	qʼa42	qʼe42	qʼe42	qʼa55	qʼa55	qʼa55	qʼa42	kʼa55	kʼe42
qʼ	77.	果	qʼo33	qʼo33	qʼo33	kʼõ33	dʑi42 le21	qʼo33	qʼo33	qʼo33	kʼou33	kʼo33
qʼ	78.	粒	qʼo33	qʼo33	qʼo33	kʼõ33	qʼo33	qʼo33	qʼo33	qʼo33	kʼou33	kʼo33
qʼ	79.	顆	qʼo33	qʼo33	qʼo33	kʼõ33	qʼo33	qʼo33	qʼo33	qʼo33	kʼou33	kʼo33
qʼ	80.	苦	qʼo33	qʼu33	qʼu33	kʼou33	qʼu33	qʼu33	qʼu33	qʼo33	kʼo33	kʼu33
qʼ	81.	餓	tɕi21 qʼa55	qʼa55	qʼa55	qʼa55	tɕi21 qʼa55	tɕi21 qʼa55	tɕi21 qʼa55	tɕi21 qʼa55	tɕi21 qʼa55 ŋõ42	tɕi21 qʼa55
qʼ	82.	繫	qʼo55	qʼo55 kʼo55	qʼo55	tɕʼi55	kʼo55	tʼɯ55	tɕʼi55	kʼo55	tsʼɯ55	qʼu44
qʼ	83.	開門	qʼe55	qʼɯ55	qʼɯ55	qʼɯ55	qʼɯ55	qʼɯ55	qʼɯ55	qɛ̃55	kʼɯ55	kʼɯ55
qʼ	84.	咳嗽	qʼo55	qu55 gu55	qu55	ku55	kv42	kv42	qʼo55	qʼo55	kʼo55 sɯ42	kʼo44
qʼ	85.	渴	qʼa44	qʼa44	qʼa44	kʼa44	qʼo44	qʼa44	qʼa44	qʼo44	kʼa44	kʼa44
qʼ	86.	牽牛	qʼa55	qʼe55 tɕio55	qʼe55	qʼe55	qʼe55	qʼe55	qʼe55	qʼã55	kʼe55	kʼe55
qʼ	87.	兀	qʼo55	qʼo55	qʼo55	qʼo55	qʼo55	qʼo55	qʼo55	kʼo55	kʼo55	kʼue21
qʼ	88.	搬	qʼe55 pi 55	qʼe55 pie55	qʼe55 pie55	qʼe55	qʼe55	pie21	qʼe55	qʼe55	pa21	pie21 ba21
qʼ	89.	擱	qʼe42	qʼe42	qʼe42	qʼe42	qʼe42	qʼe42	qʼe42	qʼe42	kʼe42	gu33
qʼ	90.	蓋	qʼa42	qʼa42	qʼa42	kʼa42	qʼa42	qʼa42	qʼa42	qʼa42	ke44	ka33 kʼa33
qʼ	91.	罩（蓋）	qʼa42	qʼa42	qʼa42	kʼa42	qʼa42	qʼa42	qʼa42	qʼa42	ke44	ka33 kʼa33

小舌音	序號	漢譯	共興	洛本卓	營盤	大華	俄嘎	金滿	恩棋	妥洛	彌羅嶺	諾鄧
ɢ	92.	厚	ɢɯ33 qɯ33	ɢɯ33	qɯ33	kɯ55	qe33	qũ42	ɢɯ33	ʁɯ33	ɢɯ33	ɢɯ33
ɢ	93.	點火	Ge42	Ge42	Ge42	qe42	qu42	go42	gu42	Ge42	ke21	qɯ42 ke21
N	94.	我	ŋa42	ŋo42	ŋo42	ɲi42	ŋo42	ð42	No31	ŋo21	ŋo31	ŋo21
χ	95.	撑	xũ33	χũ33	χɯ33	fv33	xɯ33	xɯ33	xɯ33	χɯ33	xɯ33	xɯ33
χ	96. 97.	房 家	χa42	xo42	xo42	xo42	xo42	xo42	xo42	xa21	tsɯ31 xa31	ho21
χ	98. 99.	黑 暗	χe42	xɯ42	xɯ42	xɯ42	xɯ44	xɯ55	xɯ55	xɯ42	xɯ44 mie42	xɯ55
χ	100. 101.	痊癒 恢復	χe33	χɯ33	χɯ33	xɯ33	χe33	χe33	χɯ33	xẽ33	xɯ33	xɯ33
χ	102. 103. 104.	湯 羹 活	xã55 hã55 xiẽ55	xã55	xie55	xo55	xã55	xã55	xɕ55	xã55	xɕ55	xe55
ʁ	105. 106.	黃 皇帝	ʁã21	ŋõ21 õ21	ʁo21	ŋõ21	ʁo21	õ21	ŋõ21	ŋõ35	ŋõ21	ɣo21
ʁ	107. 108.	學 讚	ʁɯ42	ɣɯ42	ʁɯ42	ɣɯ42	ɣɯ42	ɣɯ42	ʁɯ42	ɣɯ42	ɣɯ42	ɕo35
ʁ	109.	雲	ʁa31 ŋe31 e31	ŋa31 ã31 mo31 qo31	ʁe31 ŋe31 e31	je31	mũ21	mɯ21	ʁe21	ŋo35	ŋɛ21 ɛ21	v21 kɔ35
ʁ	110.	汗	ʁã31	ŋã31 ã31	je31	je31	ŋa21	ã21	ʁa21	ŋo35	ŋa21	ɣa21 (緊)

台語漢源詞之層次分析研究

小舌音	序號	漢譯	共興	洛本卓	營盤	大華	俄嘎	金滿	恩棋	妥洛	彌羅嶺	諾鄧
ʁ	111.	熬	ʁo55	ŋo55/õ55	ʁo55	ŋo55	ko42	ko42	ko42	ŋo35	ko42	ku21
	112.	燉	kv42	ko42 (tsɿ31)	kou42							
ʁ	113.	盒子	ʁã42	ɣa42	ʁe42	ɣa42	-----	-----	-----	-----	ɣa42 xo31	ɣa21
ʁ	114.	盃	ʁo42	jo42	ʁo42	ua42	-----	-----	-----	-----	pʼã44	ɲi35
	115.	麵粉										

附錄二：白語漢源詞歷史層次分析表

表一：白語古本源詞（兼受到漢語借詞影響而聲母輔音產生語音演變）

漢譯	韻攝	中古聲母	中古韻目	中古聲調	開合	等第	清濁	共興	洛本卓	營盤	辛屯	諾鄧	漕澗	康福	挖色	西窯	上關	鳳儀
兵	梗	幫	庚	平	開	三	全清	kõ55	tse55	kv55	tau33 kõ33	ko35	pi33	tã55 kõ55	tse55	tse55	tse55	tse55
閉	蟹	幫	霽	去	開	四	全清	me55	mi55	mi55	mei44	mi35	me24	me55	me35	me35	me35	me35
酒糟	宕	從	鐸	入	開	一	次清	ts'õ33 q'a44	ts'õ33 q'a44	ts'õ33 p'a44	ts'õ33 p'a44	ts'o35 p'a33 (k'o33tɕe33)	tsṽ33 tsa44 (kṽ33)	ts'õ33 p'a44	kõ35 tɕ'e35	p'a44	p'a44	p'a44
怕	假	滂	禡	去	開	二	次清	kẽ44	qẽ44 kẽ44	kõ44	kuɯ44	ke35	kv24	kẽ44 (緊)	kɤ35 tɕ'e35	kie35	kɤ35	kie35
貓	效	明	肴	平	開	二	次濁	mu55	mũ55	mũ55	a55 mi55	ni55 nio55 mi55	a55 ȵi42	ã31 ni55	a55 mi55	a55 mi55	a55 ni55	a55ni55
賣	蟹	明	卦	去	開	二	次濁	ɢe21 quɯ21	ʁuɯ21 quɯ21	quɯ21	kuɯ31	quɯ21	kuɯ31	kuɯ21 (緊)	kuɯ21	kuɯ21	kuɯ21	kuɯ21
慢	山	明	諫	去	合	二	次濁	jɯ31	tɕi31	ts'ɿ31 le44	p'i55	k'ua55 lu33	p'i42	p'i55	p'i42	p'i42	pi42	pi42
房梁	梗	明	耕	平	開	二	次濁	ua21	ŋue21 xo21 tuɯ21 qua21	ue21	ŋɤ21	do21 tuɯ21 mo21	ua21 tuɯ21	uã21	ua21 tuɯ21	ua21 tuɯ21	ua21 tuɯ21	ua21 tuɯ21
他某	果	透	歌	平	開	一	次清	ba42	bo42	vo42	uo31 uã55	po21 pa55	po21 pa55	puɯ33 pa55	po31 pa55	po31 pa55	po31 pa55	po31 pa55

漢譯	讀攝	中古聲母	中古韻目	中古聲調	開合	等第	清濁	共興	洛本卓	營盤	辛屯	諾鄧	漕澗	康福	挖色	西窯	上關	鳳儀
百姓	梗	明	耕	平	開	二	次濁	bei55	bi55	vi55	uã55	pa55	pa55	pa55	pa55	pa55	pa55	pa55
風	通	非	東	平	合	三	全清	tɕũi55	tɕũi55	tsue55	pi44	bi33 / sŋ33	pi24 / si42	pĩ55	pi35 / sŋ35	pi35 / si35	pi35 / sŋ35	pi35 / si35
同	通	澄	東	去	合	三	次濁	tɕue42	dzua42	tʂua42	pia44	pie44	pia44	piɤ44	piɤ44	pie44	piɤ44	pie44
多	果	端	戈	平	開	一	全清	ti55	ti55	ti55	tɕi44	tɕi35	tɕi24	tɕi55	mɤ35 / tɕi35	me35	tɕi35	tɕi35
到	效	端	號	去	開	一	全清	tɕ'ua42	tɕ'uo42	p'ia42	p'ia44	p'ia44	p'ia44	p'ia44 (緊)	p'ia44	p'ia44	p'ia44	p'ia44
低矮	蟹	端	齊	平	開	四	全清	dʑui33	dzui33	dʑue33	pi33	pi55	pi31	pi33	pi33	pi33	pi33	pi33
點	咸	端	忝	上	開	四	全清	Ge33	qe33	Ge33	kei55 / ku42	qu42 / ke21 / zʐ33	tie31	kẽ31	ge31 / tɕ'i33	gi31 / tɕ'i33	ge31 / tɕ'i33	gi31 / tɕ'i33
湯羹	宕	透	唐	平	開	一	次清	xã55 / hã55 / xiẽ55	xã55	xie55	xã55 / xɯ55	xe55 / he55	xv42	x'ɤ55	xɤ55	xe55	xɤ55	xe55
活	梗	匣	陌	入	開	二	全濁	xẽ55 / hẽ55	xẽ55	xi55	xe55	xe55	xã55	x'ẽ55	xe55	xe55	xɯ55	hi55xi55 / ɣi55
天	山	透	先	平	開	四	次清	sã42	sõ42	sṽ42	suo42	sŋ21	sṽ31	s'tu42	sŋ31 / ou31	sŋ31 / o31	sŋ31 / ou31	sŋ31 / o31
痛	通	透	送	去	合	一	次清	qo42	qo42	qo42	ku21	go42	si42	ku21	kou21	ko21	kou21	kou21
稻	效	定	皓	上	開	一	全濁						tao44					
地	止	定	至	去	開	三	全濁	dʑi42	dzõi42	ʑi42	tɕi44	xe55 / dʑi21		tɕi21 (緊) / pɤ21 (緊)	tɕi31	tɕi31	tɕi31	tɕi31
疼	通	定	冬	平	合	一	全濁	sã42	sõ42	sv42	suo42	sŋ21	sv31	s'õ31	sŋ31 / ou31	sŋ31 / ou31	sŋ31 / ou31	sŋ31 / ou31

漢譯	韻攝	中古聲母	中古韻目	中古聲調	開合	等第	清濁	共興	洛本卓	營盤	辛屯	諾鄧	漕澗	康福	挖色	西窯	上關	鳳儀
來	蟹	來	咍	平	開	一	次濁	p'ia44	ja44 kɯ44	p'ia44	ɣɯ44	jɯ35	ta42 jɯ24	ɣɯ55	jɯ35	zɯ35	jɯ35	jɯ35
人老	效	來	皓	上	開	一	次濁	ku33	ku33	kv33	ku33	gu44	ku31	ku33	ku33	ku33	ku33	ku33
茱老	效	來	皓	上	開	一	次濁	gu33	gu33	gv33	ku33	gu44	ku31	ku33	ku33	ku33	ku33	ku33
撈	效	來	豪	平	開	一	次濁	ne31 tʂ'ɯ44	ne31 tʂ'ɯ44	zʅ31 tʂ'ɯ44	vɯ21	v21 lõ33	lao44	vo21（緊）	v21	vv21	vv21	v21
撏	果	來	戈	平	開	一	次濁	de33	dɕe33	dzɕ33	li44	dze33	ts ẽ33	lo44 tsẽ33	ts ẽ33	ts ẽ33	tsẽ33	ts ẽ33
裡裹	止	來	止	上	開	一	次濁	kɯ31	kɯ31	kɯ31	kɯ21	k'ɯ33	vo42	lɯ44（緊）	k'ɯ31	k'ɯ31	k'ɯ31	k'ɯ31
晾	宕	來	漾	去	開	三	次濁	sõ55	sõ55	sue55	xɯ33	so55	xo33	s'ãu55	sou55	so55	sou55	sou55
鱗殼	臻	來	眞	平	開	三	次濁	qa42	qa42	qe42	kɤ44	kɛ44	lʅ31	kɤ44	kɛ44	kɛ44	kɛ44	kɛ44
道路	效 遇	定 來	皓 暮	上 去	開 合	一	次濁	t'u33	t'u33	t'v33	t'u33	t'u33	t'u33	t'u31	t'u33	t'u33	t'u33	t'u33
六肚	通	非	屋	入	合	三	次濁	fv44 fu44	fo44	fo44	fo44 xox44	v42 k'ʅ44	vo42	fo44（緊）	fv44	fv44	fv44	fv44
江河	江 果	見 匣	江 果	平 平	開 開	二 一	全清 全濁	qõ55	qõ55 dʑo31	qõ55	ko55 tio31	qõ55 qõ55	kv55	kõ55 kõ55	kv55 k'o31	kv55 k'o31	kv55 k'o31	kv55 k'o31
街	蟹	見	佳	平	開	二	全清	tsʑ33	dzʑɕ33 dzʑ33	zɕ33	tsi44	dzʑ33	tsi31 tsi33	tsi33 tsi33	tsʅ33	tsi33	tsʅ33	tsi33
穀	通	見	屋	入	合	一	全清	so55	so55	sou55	s'o44	sʅ44	si44	so21	sʅ44	si44	sʅ44	si44
乖	蟹	見	皆	平	合	二	全清	ua55	ua55	ua55	t'ã31	dzɣy21	nv33 ni42ko33	t'ã31	nio44 ni55kuo21	tɕy21	tɕy21	nio44 ni55kuo21

漢譯	韻攝	中古聲母	中古韻目	中古聲調	開合	等第	清濁	共興	洛本卓	營盤	辛屯	諾鄧	漕澗	康福	挖色	西窯	上關	鳳儀
鬼	止	見	尾	上	合	三	全清	tsŋ33	tʂe33	tʂŋ33	koʋ44	qɔ44（緊）	kv44	ko33	kv33	kv33	kv33	kv33 tɕui33
糠	宕	溪	唐	平	開	一	次清	ts'õ55	t'o55	ts'ou55	t'io55	tʂ'o55	ts'o55	ts'ãu55	ts'o55	ts'o55	ts'o55	ts'o55
去	遇	溪	御	去	開	三	次清	ŋe44	ja44	ŋa44	a21	ŋe21 su33 sua33	ŋv44	γэ21（緊）	ŋэ21	ŋje21	ŋэ21	ŋje21
橋	效	群	宵	平	開	三	全濁	gu21	go21	go21	ku21 tsu42	ku21 sua33	ku31	ku21 tɕa42（緊）	ku21	ku21	ku21	ku21se44
騎 流	止 流	群 來	支 尤	平 平	合 開	三 三	全濁 次濁	guɯ31	kuɯ31	kuɯ31	ko33 kuɯ33	gu21	γɯ31	kuɯ21	kuɯ31	kuɯ31	kuɯ31	kuɯ31
二	止	日	至	去	開	三	次濁	ku33	kv33	kõ33	kou33	ko33	kõ44 γe42	kãu33 ne44 э55（緊）	ne33	ne33	kou33	kou33
秋	宕	影	陽	平	開	三	全清	dzŋ55	tʂẽ55	tʂŋ55	tsŋ21	dzŋ21	tsi31 tsi33	tsi21	kou44	ko44	tsv44	tsi21
村邑	深	影	緝	入	開	三	全清	ji44	ũ44 ʔγ44	jou44	jou44	zu44	ju44	ju44	ju44	zu44	ju44	ju44
閣	咸	影	鹽	平	開	三	全清	kɯ55	kv55	kv55	kɯ44	ŋia44	ke24	miэ̃55	nv35 mia44	nv35 mia44	nv35 mia44	vv44
碗	山	影	緩	上	合	三	全清	qe42	qe42	qe42	kei42	ke42 ŋe33	kai42	ke42（緊）	ke32	ke32	ki32	ki32
窩	果	影	戈	平	合	一	全清	ts'ŋ44	tʂ'ẽ44	ts'ŋ44	ko55	k'э21（緊）	k'o31 tso42	k'o31 tuu55	uo44	uo44	k'o44	k'o44
礦	效	曉	豪	平	開	一	次清	q'u55 q'ou55	q'v55	q'u55	ko55	k'u55 k'ou55 tʂua42	k'u42	k'u55	ko55	ko55	ko55	ko55

附錄：白語漢源詞語源材料

漢譯	韻攝	中古聲母	中古韻目	中古聲調	開合	等第	清濁	共興	洛本卓	營盤	辛屯	諾鄧	漕澗	康福	挖色	西窯	上關	鳳儀
血	山	曉	屑	入	合	四	次清	sua44	sua44	sua44	sua44	ʂua44	sua44	sʻua44(緊)	sua44	sua44	sua44	sua44
草鞋	梗	群	陌	入	開	三	全濁	qeʻ42	qaʻ42	qoʻ42	ŋe21	tsʻu44 kɛ21	ŋã21	kɯ42	ŋe21	ɲi21	ŋe21 tsi44	ɲi21
鞋	蟹	匣	佳	平	開	二	全濁	jẽ21 ẽ21	ŋẽ21	nʲi21	ŋe21	ŋe21 ke42	ŋã21	ŋe21(緊)	ŋe21	ɲi21	ŋe21	ɲi21
鹹	咸	匣	咸	入	開	二	全濁	qʻo31 tsʻõ31	qʻu31 tsʻõ31	qʻu31 tsʻõ31	tsʻou31	tɕʻo21	tsʻõ31	tsʻãu31	tsʻou31	kʻɔ31 tsʻɔ31	tsʻou31	tsʻou31
苦	遇	溪	姥	上	合	一	次清	qʻo33	qʻu33	qʻu33	kʻu33	kʻu33	kʻu33	kʻu33	kʻu33	kʻu33	kʻu33	kʻu33
回	蟹	匣	灰	平	合	一	全濁	tiaʻ44	ja44 kuʻ44	ja44	jo55	ti31 jɯ35	ja44 kʻv33	ja44 te44	nɤ21 jɯ35	ne21 ʑɯ35	nɤ21 jɯ35	ja44jɯ35 ta35
踅旋	--	--	--	--	--	--	--											
回家	--	--	--	--	--	--	--	ja44	ja44	ja44	ja44	ja44 ʑi42	ja44	jo44	ja32	ja32	ja32	za32
烟	遇	匣	暮	去	合	一	全濁	qo33 go33	qo33 ko33	qo33 ko33	kou33 ni33 pou55	qɔ21	kou31 ni42	fo55	ko21 xou42	ko21 xou42	ko21 xou42	ko21 xou42
湖	遇	匣	模	平	合	一	全濁	qo31	qo31 luʻ31 bɯ33	qo31	ko42 xu42 xe33 ɕy33 tʻã55	Gɔ21 Gɔ21	xu42 xai31	tʻã55 pɯ33 u55 xe31	kʻɔ21 kɔ21	kʻɔ21 kɔ21	kʻɔ21 kɔ21	kʻɔ21 kɔ21
海	蟹	曉	海	上	開	一	次清											
右	流	云	宥	去	開	三	次濁	ʈa42	ʈa42	tia42	tse42	tʂe42(緊)	tsv42	tsɤ42(緊)	tseʴ32	tse32	tse32	tseʴ32
園	山	云	元	平	合	三	次濁	ɕue55	sõ55	ɕui55	suã55 kʻu55	sua35	suã24	suã55	sua35	ɕua35	ɕue55	sua35

漢譯	韻攝	中古聲母	中古韻目	中古聲調	開合	等第	清濁	共興	洛本卓	營盤	辛屯	諾鄧	漕澗	康福	挖色	西窯	上關	鳳儀
也	假	以	馬	上	開	三	次濁	li55	le55	li55	ji55	ni55	li55	ni55(緊)	le55 ŋi55	le55 ŋi55	le55 ŋi55	le55/ɲi55
鹽	咸	以	鹽	平	開	三	次濁	tɕũ55	tsuẽ55	tsue55	pie44	pi35	piã24	pĩ55	pi35	pi35	pi35	pi35
舀	效	以	小	上	開	三	次濁	qe55	qa55	qu55	ta55	ɢɯ35	kɯ24	kɯ55	kɯ55	kɯ55	kɯ55	kɯ55
舀水	效	以	效	上	開	三	次濁							ts'a42				
齒	止	昌	止	上	開	三	次清	tsŋ33	tɕu33	tɕu33	ts'i44	dʐɿ44	tsi33	ts'i44	tsi33	tsi33	tsŋ33	tsŋ33
吹	止	昌	支	平	開	三	次清	pa44	pa44	pa44	pa44	pa44	pa44	pa44	pa44	pa44	pa44	pa44
蛇	假	船	麻	平	開	三	全濁	p'v55	p'ũ55	p'ɯ55	p'ɯ55	p'ɯ55	p'ɯ42	p'ɯ55	p'ɯ55	p'ɯ55	p'ɯ55	pu55 p'ɯ55
船	山	船	仙	平	合	三	全濁	ts'ŋ33	tʂ'e33	ts'ŋ33	k'o33	k'o44	k'v33	k'o33	k'v33	k'v33	k'v33	k'v33
黍	遇	書	語	上	合	三	全清	je21	na21	na21	ji21 sou55	ʑi21 su55 / su55	tɕ'uã31	ɯje21(緊) s'u55	je21 su55	ʑe21 su55 / su55	je21 su55 / je21 su55	je21 su55
糯米	遇	書	語	上	開	三	全清	so33	su33	su33	si33	sŋ44	si33 mã31	sv33	si33	si33	si33	si33
租	遇	精	模	平	合	一	全清	p'o33	k'o33	k'o33	k'o33 p'o33	dzu33	tsu33	k'ãu33	k'o33	k'o33	k'o33	k'o33
麥	蟹	清	齊	平	開	四	次清	v33 ji21	nv42 ne42	ve42 ni42	vɯ33 ti33	v44 ɕi55 k'e33	vo33 ɲi21	vo33	ɲiu35 mɔ33	no35 mɔ33	v21 tɯ21	ɲiu35 mɔ33
拴	山	清	仙	平	開	三	次清	qɯ55	qɯ55	kɯ55	lau55	ba21	pã31	fo31	fv31	fv31	fv31	v31
前	山	從	先	平	開	四	全濁	tɯ21	tʃiɯ21	tiu21	tũ21	dɯ21	tɯ33	tɯ21(緊)	tɯ21	tɯ21	tɯ21	tɯ21
想	宕	心	養	上	開	三	全清	mi33	mi33 sue33	mi33	ji33	mi33	mi33	mi33	mi33 k'a31 ça31	mi33	mi33	mi33 k'a31

漢譯	韻攝	中古韻目	中古聲母	中古聲調	開合	等第	清濁	共興	洛本卓	營盤	辛屯	諾鄧	漕澗	康福	挖色	西窯	上關	鳳儀
綠	山	綠	心	去	開	三	全清	xɯ33	xɯ33	xɯ33	xʼe33	xo35	xɯ33	xau55	xɯ33	xɯ33	xɯ33	xɯ33
撕	蟹	齊	心	平	開	四	全清	pʼe55 tɕʼyi55	pʼe55 tɕʼyi55	pʼe55	pʼei55	pʼe55	pʼe42	pʼe55	pʼe55	pʼe55	pʼe55	pʼe55
細	蟹	霽	心	去	開	四	全清	mã42	mie42 mo42	mie42 mo42	mou42	mo42 mi42	mõ42	mã42	mou32	mo32	mu32	mu32
捉	江	覺	莊	入	開	二	全清	ka44	qa44	qa44	kɤ44	qe33	ka44	kɤ44	kɤ44	ke44	kɤ44	ke44
庹拃	山	濟	莊	上	開	二	全清	zi31	zẽ31	ɕi31	je31	ze21 tʼo21 kʼe55	tʼo31 tsa31	pʼe31 tsa31	pʼe31	pʼe31	pʼe31	pʼe31
柿子	止	止	牀	上	開	三	全濁	tʼe44	tʼa44	tʼa44	tã42	sʅ44 xua33	tʼa44	tʼa44	tɕʼia44	tɕʼia44	tɕʼia44	tɕʼia44
晒曬	蟹	卦	生	去	開	二	次清	xa42	qo33	xou33	xʼõ21	kɔ21 ɡo21 xɔ21	xɔ33	xʼau31	xɔ33	xɔ33	xɔ33	xɔ33
乳房	---	---	---	---	---	---	---	ba42	pã42	pa42	nõ33	pa21	pa44	pa42（緊）	pa42	pa42	pa42	pa42
男陰	---	---	---	---	---	---	---	du33	dv33	du33	tu33	du33	tu33	tu33	tu33	tu33	tu33	tu33
女陰	---	---	---	---	---	---	---	tɕui44	tɕui44	pi44	pʼi44	bi33	pi44	pi44（緊）	pi44	pi44	pi44	pi44
租佃	---	---	---	---	---	---	---	kʼv42	pʼo42	pʼɯ42	pʼɯ42	kʼv42	po24 ɕo24	pʼɯ42	pɤ21 ɕou44	pɤ21 ɕo44	pɤ21 ɕou44	pɤ21 ɕou44
箕筐	---	---	---	---	---	---	---	kʼv42	kʼv42	kʼo42	tɕi44	tɕʼi55	tɕi24 kʼv42	tɕi55	to35	to35	to35	to35
追趕	---	---	---	---	---	---	---	tɕi42	tɕi42	tɕi42	tɕi42	tɕi42（緊）	tɕi42 kɛ44	tsi55 tɕe42（緊）	tɕe42	tɕe42	tɕe42	tɕe42

漢譯	韻攝	中古聲母	中古韻目	中古聲調	開合	等第	清濁	共興	洛本卓	營盤	辛屯	諾鄧	漕澗	康福	挖色	西窯	上關	鳳儀
梅子	---	---	---	---	---	---	---	---	---	---	me42	pe42（緊）	tɕiã33	tɕi33	tɕi33	tɕi33	tɕi33	tɕi33 / pi33 tɕi33

表二：白語古本源詞之漢源歸化現象（兼受到漢語借詞及語義引申影響所形成的底層老借詞：包含單位量詞及偏正結構之語音變化）

漢譯	韻攝	中古聲母	中古韻目	中古聲調	開合	等第	清濁	共興	洛本卓	營盤	辛屯	諾鄧	漕澗	康福	挖色	西窯	上關	鳳儀
年歲	山	泥	先	平	開	四	次濁	sua44	sua44	sua44	s'ua44	ʂua44	sua44	sua44	sua44	ɕua44	sua44	sua44
鋒利	止	來	至	去	開	三	次濁	ji31	ji31	ȵi31	ji44	ji21	ji21	ji31	ji31	ʑi31	ji31	ʑi31
插	咸	初	洽	入	開	二	次清	pe42 ts'a55	pe42 t'ia55	pe42 tɕ'ia55	pi44 ts'a55	pe42 tse35	pi24 to24 ts'a24	pe42 ts'a55	pe42 ts'a55	pe42 ts'a55	pe42 ts'a55	pe42 ts'a55
插軟	咸	初	洽	入	開	二	次清	fu55	fo55	fo55	f'o55	fv55	fo42	fo55	fv42	fv42	fv42	fv42
根部	臻	見	痕	平	開	一	全清	te55	te55 me55	te55 me55	tɕi21 mi44	me21 me21	mi21	mi44	mi44 te44	mi44 te44	mi44 te44	mi44 te44
單位詞 根 棍/燭	臻	見	痕	平	開	一	全清	qua42	qua42	qua42	kuã55	kua33	mi21	kuã44（緊） tsi55（緊）	k'o32	k'o32	k'o32	k'o32
單位詞 根 針/線/繩								tʂɯ42	tse42	nɯ42	j ũ42 / dzɯ21	ne21 / nɯ42	----	----	nɯ32	nɯ32	nɯ32	nɯ32

漢譯	韻攝	中古聲母	中古韻目	中古聲調	開合	等第	清濁	共興	洛本卓	營盤	辛屯	諾鄧	漕澗	康福	挖色	西窯	上關	鳳儀
單位詞 根／指／擔								----	----	----	t'a21	t'a21	----	----	tso32	tso32	tso32	tso32
單位詞 根／支／槍								----	----	----	kuã55	Go35 ge31	----	ku55 ma21(緊)	----	----	----	----
蓋 瓦／房	蟹	見	泰	去	開	一	全清	q'a42	q'a42	q'a42	k'e31	p'ɯ21 ka33 k'a33	p'ɯ31	tũ55(緊)	p'ɯ31	p'ɯ31	p'ɯ31	p'ɯ31
蓋 被子	蟹	見	泰	去	開	一	全清	t'a55	t'a55	t'a55	t'a33	t'a33	t'a33	t'a44(緊)	k'a44	t'a44	k'a44 mɯ42	k'a44 mɯ42 t'ua33
揭開	山	見	月	入	開	三	全清	dʑi33	dʑi33	ʑi33	tɕiə55	dʑi33 tɕi35 ts'e33	tɕi31 k'a42	tɕi33 tɕõ55	tɕe33	tɕi33	tɕe33	tɕi33
拉 拉開／拉平	咸	來	合	入	開	一	次濁	lou55	lo55	lo55	ɕue55	ɕo35	ɕiou24	la55	la35	la35	la35	la35
拖	果	透	箇	去	開	一	次清	dʑi33	dʑi33	ʑi33	tɕiə55	ɕi33	tɕi31 t'o33	tɕi33 tɕõ55	tɕe33	tɕi33	tɕe33	tɕi33
繫 繫腰帶	蟹	見	霽	去	開	四	全清	q'o55	q'o55	k'o55	k'uo31	ko55	tɕ'i55	k'ao55	k'o55	k'o55	k'o55	k'o55
繫 繫鞋帶	蟹	見	霽	去	開	四	全清	q'o55	q'o55	k'o55	fo55	ba21	tɕ'i55	fo55	k'o55	k'o55	k'o55	k'o55
關 關門	山	見	刪	平	合	二	全清				kuẽ44	tse35	tɕia24	kũ55	tɕi35	tɕi35	tɕi35	tɕi35
鎖	果	心	果	上	合	一	全清	su33	sẽ55	tsou33	ts'ou55	so33	so33 pe42	so33	suo33	so55	suo33	suo33

漢譯	韻攝	中古聲母	中古韻目	中古聲調	開合	等第	清濁	共興	洛本卓	營盤	辛屯	諾鄧	漕澗	康福	挖色	西窑	上關	鳳儀
關羊 關(衣)	山	見	刪	平	合	二	全清	nõ42	u33	no42	vu55	no42(緊)	nṽ42	kũ55	no42	no42	ko42	no42
伴(衣)	山	群	獮	上	開	三	全濁	k'õ55	k'õ55	k'o55	k'ou55	tɕi21	k'o42	k'ãu55	k'o55	k'o55	k'o55	k'o55
伴(事)	山	群	獮	上	開	三	全濁	t'e55	t'e55	t'e55	je55	t'e35	lai31	t'e55	t'e55	t'e55	t'e55	jo55
生蛋下蛋	梗	生	庚	平	開	二	全清	sẽ42	sẽ42	çẽ42	se42	se21	sã42	sẽ42(緊)	se42	se42	se42	se42
脂油	止	章	脂	平	開	三	全清	tsi55	tʂʅ55	tsʅ55	tsi44	tʂʅ35 / jiu21	tsi24	tsi55 / jiu21	tsʅ35	tsi35	tsʅ35 / k'v33	tsi35
素油	流	以	尤	平	開	三	次濁	ji21	ji21	zʅ21	iou33 / jou33	tʂʅ35 / jiu21	tsi24 / jiu31	jiu21	tsʅ35 / jiu21	tsʅ35 / zɯ21	tsʅ35 / jiu21	tsʅ35 / jiu21
方位上	宕	禪	漾	去	開	三	全濁	dʑo33	tɕiu33	do33	nou33 / tou33	do33	tsõ44	tãu33	tou33	to33	tou33	to33 / sa55
物件上	宕	禪	漾	去	開	三	全濁	dʑio33	tɯ33 / no44	tsõ33	tsu31	no33	tõ44	nɯ33	no44	no44	no44	no44
方位下	假	匣	禡	去	開	二	全濁	ɣe33	di33	je33	ɣɤ33	ɣe33	ɣe31	ɣɤ33	ɤ33	e33	e33	e33
物件下	假	匣	禡	去	開	二	全濁	t'ɯ55	t'ɯ42	t'ɯ55	kɯ55	ŋe31	t'ɯ42	kɤ31 / t'ɯ55	kɤ31	e31	ŋɤ31	e31
動詞下雨	假	匣	禡	去	開	二	全濁	u42	u42	u42	ou42	u42 / mɯ33 / k'ɯ33	you42	ya42 / ca44	ou42	ou42	ou42	ou42
覡	梗	匣	錫	入	開	四	全濁	ɕi55	do31 / ɕi55	ɕi55	tɯ42 / ɕi55 / pou55	ɕi35	se31 / po55	ta42 / ɕi55 / pau55	ɕi55	ɕi55	ɕi55	ɕi55
話	蟹	匣	夬	去	合	二	全濁	to42	tõ42	que42	tõ42 / xua55	dzʅ31 / ts'a31	to21	ta21(緊)	tou21	to21	tou21	tou21

漢譯	韻攝	中古聲母	中古韻目	中古聲調	開合	等第	清濁	共興	洛本卓	營盤	辛屯	諾鄧	漕澗	康福	挖色	西窯	上關	鳳儀
耳環	山	匣	刪	平	合	二	全濁	qõ31	kõ31	ko31	ni21 kou31	ŋo44 do21 ko33	ŋv33 kṽ21	ji33 kã21（緊）	ŋv33 ku21	ŋv33 kou21	ŋv33 ku21	ŋv33 ku21
耳	止	日	止	上	開	三	次濁	ŋu33 tsue31	ʔẽ31 tɕ'yẽ31	jiu31 tɯ31	jĩ33 tou42	ŋo44	ŋṽ33 tṽ42	jĩ33 tõ42	jo33 pi33	ŋv33	ŋv33	ŋv33
日1 日子	臻	日	質	入	開	三	次濁	ŋie44	ŋi44	jẽ44	ji44	ŋi44	ŋi44	ji42（緊）	ŋi44	ŋi44	ŋi44	ŋi44
日2 太陽	臻	日	質	入	開	三	次濁	ŋi44 ŋie44	ŋi44	ŋi44	ji44 p'ĩ31	ŋi44 p'i21	ŋi44	ji44（緊） p'ĩ31	mi44 p'i33	mi44 p'i33	mi44 p'i33	mi44 p'i33
熱	山	日	薛	入	開	三	次濁	uĩ44	uĩ44	uẽ44	ou55	u31 ue35	uã24	uĩ33 lue44	ɣu31 lue44	u31 lui44	ɣu31 lue44	u31 lui44
熱飯	—	—	—	—	—	—	—	uẽ55	uẽ55	ŋue55	ɯ44	ue35	uã24	ũ55	ue35 lue44	ui35 lui44	ue35 lue44	ue35 lue44
穿針	—	—	—	—	—	—	—	tsu55	t'u55 pə42	tʂou55	ts'ou33 （tsi55）	tʂ'ɤ55	ts'v42	tsʻõ55	tsou44	tso44	tɕo44	to44
穿鞋	—	—	—	—	—	—	—	tsu55	t'u55 pə42	tʂou55	tsou33	dzu44	tsao44	tsao44	tsou44	tso44	tɕo44	to44
穿衣	—	—	—	—	—	—	—	tsu55	t'u55 pə42	tʂou55	ji44	ji42（緊）	ji44	je42（緊）	tsou44	tso44	tɕo44	to44
燃燒 燃燒	—	—	—	—	—	—	—	ni33	ni33 ɕui55	ŋɯ33	s'u44	ŋɯ33	su42 tɕ'u42	s'u55	su55	sv55	su55	sv55
燒 燃燒燒	效	書	宵	平	開	三	全清	ɕu55	fv55	xu55	s'u44	tʂo35 ta33	tɕ'u44 su42	s'u55	ou44 tɕo35	o44 su35	ou44 xu35	ou44 tɕo35
水燒開	—	—	—	—	—	—	—	χua55	xua55	xua55	xua55	xua55	xua33	xua44（緊）	xua55	xua55	xua55	xua55

台語漢源詞之層次分析研究

漢譯	韻攝	中古聲母	中古韻目	中古聲調	開合	等第	清濁	共興	洛本卓	營盤	辛屯	諾鄧	漕澗	康福	挖色	西窯	上關	鳳儀
痊癒恢復	--	--	--	--	--	--	--	χe33	χɯ33	χɯ33	xɯ55	xɯ33	xẽ33	xɯ̃33	xɯ33	xɯ33	xɯ33	xɯ33
什麼	--	--	--	--	--	--	--	a55 ma55	a55 ma55	a55 ma55	za42 nei44	a55 se21	a44 ni31	a55 x'ã31	xa31 le21	xa31 le21	a55 ne21	sɚ21 le21
換 更換	--	--	--	--	--	--	--	qẽ42 mɯ33	qə44 xõ55	qe42 mɯ33	mɯ44	mɯ33	mɯ̃33	mɯ33	mɯ33	mɯ33	mɯ33	mɯ33
換 交換	--	--	--	--	--	--	--	mɯ33	so55 mɯ̃33	mɯ33	sã55 mu55	mɯ33 xue33	sã33 mɯ̃33	s'ã55 mɯ33	sa55 mɯ33	sa55 mɯ33	sa55 mɯ33	sa55 mɯ33

說明：台語詞彙表示「關門」之「關」，受到詞彙擴散引起語音擴散所致，使得「關」又表示「鎖」，產生聲母舌面音音顎化及朝向章組塞音、精組清塞擦音和擦音發展。

表三：台語詞詞彙自源語音與漢語語源借詞詞音音兩種並用之漢源歸化過渡詞例：包含漢語語義解釋語音之例

漢譯	韻攝	中古聲母	中古韻目	中古聲調	開合	等第	清濁	共興	洛本卓	營盤	辛屯	諾鄧	漕澗	康福	挖色	西窯	上關	鳳儀
崩朋	曾	幫	登	平	開	一	全清	po33	pũ33	pv33	tẽ44ɯ	pa55	pa33	nɯ44 tau44	nɯ33	nɯ33	nɯ33	nɯ33
筆	曾	幫	質	入	開	三	全清	fe42	fv42	fe42	fu55 kua55	fu31 kua21	vo42	fo44（緊）	vo42 pi35	vo42 pi35	vo42 pi35	vo42 pi35
燻肉	效	幫	宵	平	開	三	全清	p'io55	tɕo55	tɕ'uã55	uõ42	p'io55	yv31 ŋ'ṽ42	õ42	ue35	ue35	v35	v35
壁	梗	幫	錫	入	開	四	全清	po33	buɯ33 xo33 dzuo33	tɕuã33	p'ie33	pie33 p'iɛ33	yõ33	piɤ44（緊）	u33 po33	u33 po33	u33 po33	u33 po33

附錄：白語漢源詞語源材料

漢譯	韻攝	中古聲母	中古韻目	中古聲調	開合	等第	清濁	共興	洛本卓	營盤	辛屯	諾鄧	漕澗	康福	挖色	西窯	上關	鳳儀
牆磚牆堵	宕	從	陽	平	開	三	全濁	ɣɔ33	ũ33 bɯ33	ou33 p'ie33	v42 tɕuã55v42	ɣo33 p'ie33 / tʂ'ue35 ɣo33	tɕuã24 ɣõ33	ŋãu33	u33pɔ33	u33 pɔ33	u33pɔ33	u33pɔ33
坡	果	滂	戈	平	合	一	次清	bõ44	pɔ44	bo44	po33	p44	p'ie42 pie33	pa21（緊）	p'iɛ44	p'iɤ44	p'iɤ44	p'iɛ44
跑	效	並	肴	平	開	二	全濁	mou31	mõ31	pe31	mõ31	p'o21	mu21	mu21（緊）	p'o31	p'o31	p'o31	p'o31 sa44
背 負物	蟹	並	隊	去	合	一	全濁	v33	v33	vv33	ve33	dzɿ44（負重） jɤ42（負輕） v33（負物）	pe42	vo33	ve33	ʑe33	vu33	vu33
背 負孩	蟹	並	隊	去	合	一	全濁	ba42	bo42	bo42	bo42	po31 pu33	jv44	pau31	ma31 nɤ31 jɤ32	ma31 ne31	tʃia55	jɤ32
嫫	假	明	麻	平	開	二	次濁	ʔa55 mẽ55	ʔo55 mo55	ʔo55 me55	ou21 mɤ55	u21 tas33	tɕ'e55 tɕe55	u21 mɤ55	ou21 tsa21 mɔ33	o42 me35	ou21 tsa21 mɔ33	u42 tɕua33 mɔ33
爾	效	明	笑	去	開	三	次濁	miõ55	mio55	mio55	nui44 tɕia42	ʂe35 tɕɛ35	sã24	miãu44 tsi33 sɯ44	se35	se35	ze42 se35	ze42 se35
扶	遇	非	虞	平	合	三	全清	q'e55	q'e55	tʃia55	tsa31 pu33	k'e55	tsã42 u31	vu31	u21	u21	u21	u21
蜜蜂	東	敷	鍾	平	合	三	次清	fṽ55	xõ55	fe55	fo55	fv55	fv42	fõ55	fv55	fv55	v55	v55

漢譯	韻攝	中古聲母	中古韻目	中古聲調	開合	等第	清濁	共興	洛本卓	營盤	辛屯	諾鄧	漕澗	康福	挖色	西窯	上關	鳳儀
打	梗	端	梗	上	開	二	全清	qã55	qã55	qa55	ta33	du21 / tse42	tɯ33	tɔ̃44(緊)	tɤ44	te44	tɤ44	te44
黏貼	咸	透	帖	入	開	四	全清	tɕ'a44 / niã55	tɕ'a44 / p'e55	tɕ'a44 / tɕ'i55	tɕ'ia55	tɕ'a44 / ŋa35 / na44	tie24 / t'ie24	tɕ'a44(緊)	ŋa35 / na44	ŋa35 / na44	ŋa35 / na44	ŋa35 / na44
脫	山	透	末	入	合	一	次清	lui44	la44	lua44	t'o55 / lui44	lue35	t'o24 / lue42	lue55	t'uo35	t'o35	t'uo35	t'o35
土	遇	透	姥	上	合	一	次清	t'u33	t'o33	ni31	mei31	t'u33	nã31 / tɕ'i42	p'ẽ55 / ne21	ne21	ne21	ne21	ne21
唾口水	果	透	過	去	合	一	次清	tʂ̩33 / t'o31	çyi33 / t'o31	t'u42	t'au42	çy55 / mie21	si42 / mẽ42	t'au31	ts'ĩ55 / t'ɔ31	ts'i55 / t'ɔ31	ts'i55 / t'ɔ31	ts'ĩ55 / t'ɔ31
弟	蟹	定	霽	去	開	四	全濁	t'i33	t'i33	tɕ'i33	te33	ti55	t'ai33	tsi33 / t'e33	t'e33	t'e33	t'e33	t'e33
銅	通	定	東	平	合	一	全濁	qa33	qõ33	qa33	tõ42	gɯ21 / də21	tṽ31	tõ21(緊)	kɤ33	kie33	kie33	tṽ31
那	果	泥	箇	去	開	一	次濁	pɯ33	pɯ33	mɯ33	na55	na55	tua42	na55	pɯ33	pɯ33	pɯ33	na55
拈	咸	泥	添	平	開	四	次濁	nʲia31 / na31	q'e31 / nõ31	nʲi31	ja31	ja21(緊)	ja31 / p'ɯ31 / tsv42 / tso42	ja21(緊)	p'ɯ31 / t'ou33	p'ɯ31 / t'ou33	p'ɯ31 / t'ou33	p'ɯ31 / t'ou33
藍	咸	來	談	平	開	一	次濁	pie42	tɕ'a42	pie42	tɕ'iɤ55	tɕ'e55	lã31 / tiã42	na42(緊)	mo55 / na55	la21	la21	la21
鎌	咸	來	鹽	平	開	三	次濁	je31	na31 / nʲia31	je31	ji21	ji21	jã31	niẽ55	ji21	ji21 / ʑi21	ji21	ji21
兩	宕	來	養	上	開	三	次濁	nõ42	ŋɔ32	ŋɔ32	lõ42	nɔ42	nõ33	niã31	nou32	nou32	ŋɔ32	nou32

漢譯	韻攝	中古聲母	中古韻目	中古聲調	開合	等第	清濁	共興	洛本卓	營盤	辛屯	諾鄧	漕澗	康福	挖色	西窯	上關	鳳儀
直竪	曾遇	澄禪	職虞	入上	開合	三三	全濁	tuĩ55	q'u55	tue55	tui33	t'u42 tue35	miao44 su42li24	tu55	mio32	mio32	tsŋ35	tsŋ35 mio44
正	梗	章	勁	去	開	三	全清	tuĩ55	q'u55	tue55	tse42	mio21 fe35	tsv42	tsə̃42（緊）	tsə32	tsŋ32	tse32	tse32
鋸	遇	見	御	去	開	三	全清	fv42	fv42	fo42	fu42 ts'e55 ç'iɤ55	fv42 tʂ'e33 şe33	se44	fo42（緊） s'e44	fv33 se44	fv33 se44	fv33 ts'e44	fv33 ts'e44
麂	止	見	旨	上	開	三	全清	bv42 v42	uo42	vu42	vo42	v42 dɤ21	so44 lo31	t'ia31 tɕi31 tsi33	v̇42	v42	v42	v42
丐	蟹	見	泰	去	開	一	全清	t'a44	t'a44	t'ua44 tɛ44	kã44 si44 ti31	t'u55 xɛ55 zŋ21 ŋi21（緊）	t'u42 xɛ42 zi31 no33	ka44（緊） si44（緊）	t'u55 xe55 si31	ka44 se44	t'u55 xɚ55 sŋ31	t'u55 xɚ55 sŋ31
給	深	見	緝	入	開	三	全清	zi31	zɯ31	zi31	zɯ21	zɯ31	zi42	zi31	tɕa42 si31 kuı31 çuı31	tɕa42 şŋ31 kuı31 çuı31	kuı31 zɯ31	kuı31 zɯ31
鍋	果	見	戈	平	合	一	全清	ko55 t'ia55	ko55 t'ã55	tʂ'e55	ku44	ko35 mɯ31	ko24	ku55 p'ĩ31	kuo35 ts'e55	ko35 mɯ31	kuo35 ts'o55	kuo35 pe21
果	果	見	果	上	合	一	全清	q'o33	q'o33	q'o33	kuo33	q'o33	ɣo33	k'u33	kuo33	ko33	kuo33	kuo33
瓜	假	見	麻	平	合	二	全清	p'v44	p'o44	qua55	xo42 vu42	k'ua35	kua44 tɕi55kua44	kua55	kua35	kua35	kua35	kua35
拘	遇	見	虞	平	合	三	全清	kũ44	qu44	kɯ44	k'ou55	tɕy35	k'ou42	ts'u44（緊）	tɕy35	tɕy35	tɕy35	tɕy35

漢譯	韻攝	中古聲母	中古韻目	中古聲調	開合	等第	清濁	共興	洛本卓	營盤	辛屯	諾鄧	漕澗	康福	挖色	西窯	上關	鳳儀
看	山	溪	寒	平	開	一	次清	t̃55 / qe42	ʔe55 / qe42	ʔe55 / qe42	xã42	ʔa33	ã44	x'ã55	a33	a33	a33	a33
小腿	效	溪	肴	平	開	二	次清	tɕo31	q'ua31 / tɕã31	tɕo31	k'ua42	tɕa21	k'ue42	tɕo21（緊）	kou31 / tɕa42	kou31 / tɕa42	ko31 / tɕa42	tɕa42 / t'ui31
快	蟹	溪	夬	去	合	二	次清	tsua42	tsua42	tsua42 / tse42	tɕi42 / tsua42	tʂu21 / tɕu21	ts'v42 / p'iã31	tɕi42（緊）/ tsua42（緊）	tɕi31 / tua42	tɕi31 / tua42	tɕi31 / tɕu31	ŋie21 / tɕu31
欠債	咸	溪	梵	去	合	三	次清	ve33	bu33	ve33	vu55 / tsa55	tsʂ / ts'a33	ts'a42	ke33	ts'a55	ts'a55	ts'a55 / vv33	ts'a55
彎曲	通	溪	燭	入	合	三	次清	q'o44 / k'ou44	jõ44 / k'ui44 / jo33 / kɯ55	k'o44	ŋã55 / k'ɯ33	ko44 / ue35	k'v44 / u24	ko44 / uẽ55	k'v44	k'v44	k'v44	k'v44
菌	臻	群	軫	上	合	三	全濁	sũ33	sẽ33	sɿ33	s'e33	go44（緊）	sv44	sʅ33	se33	se33	se33	ɕe33 / mu33
熬	效	疑	豪	平	開	一	次濁	ʁo55 / kv42	ŋo55/õ55 / ko42 （tsyi31）	ʁo55 / kou42	ã55	ku21	kao42	a42（緊）	kou42	ko42	kou42	kou42
燉	臻	透	魂	平	合	一	次清	ʁo55 / kv42	ŋo55/õ55 / ko42 （tsyi31）	ʁo55 / kou42	ã55	tue44 / ŋo21（緊）	tuã33	a42（緊）	kou42	ko42	kou42	kou42
崖	蟹	疑	佳	平	開	二	次濁	e42 / p'ie55	e42 / p'ie55	e42 / p'ie55	t'ei44	p'ie55 / tʂ'55	p'ie42 / pie33 / ŋe33 / tsai44	p'ie55 / ŋɚ33	p'iɚ55	p'ie55	p'iɚ55	p'ie55
凝	曾	疑	蒸	平	開	三	次濁	ŋu44	ŋũ44 / ũ44	ŋu44	tẽ44	ŋu21	tɯ44	ttũ44（緊）	tɯ44	tɯ44	tɯ44	tɯ44

附錄：白語漢源詞語源材料

漢譯	韻攝	中古聲母	中古韻目	中古聲調	開合	等第	清濁	共興	洛本草	營盤	辛屯	諾鄧	漕澗	康福	挖色	西窯	上關	鳳儀
外	蟹	疑	泰	去	合	一	次濁	ua44	ŋua44	ua44	ua33	ŋua33	ua33	ua44(緊)	ua44	ua44	ua44	ua44
炒	效	初	巧	上	開	二	次清	t'u33	tɕui33	t'iu33	ts'u55	tʂ'u33	ts'u31	ts'u33	p'u31	p'u31	p'u31	ŋv31 o31
殺	山	生	黠	入	開	二	全清	χa42	ça42	xa42	ç'a33	ça33	çia44	s'a44(緊)	ça44	ça44	ça44	ça44
篩	止	生	脂	平	開	三	全清	lo21	lo21	lo21 çe21	lou31 tsi33	lo21 se21	lo33 sã44	la21(緊) tsi33	lɔ21	po44 tsi44	lɔ21	lɔ21 tɯ21
識	止 曾	章 書	志 職	去 入	開	三	全清	sɯ42 tsʐ42	si42	çi42	se44	ɣũ42 ʂ35	zũ44	se44 su44	su44	su44	su44	su44
斫斨	宕	章	藥	入	開	三	全清	tsu42	to42	tiv42	tõ42	tsu33 dzʐu33	kã33	tsau44	tsou44 k'ə44	tso44 k'e44	tsou44 k'ə44	tso44
痣	止	章	志	去	開	三	全清	ɕu42	çu42	çua42	çou42	çu21	çiõ31	çə42(緊)	ɕu21	ɕu21	ɕu21	ɕu21
赤紅	梗	昌	昔	入	開	三	全清	t'ie42	t'a42	t'o42	tɕ'ə44	tʂ'e33	ts'e44	ts'ə44	ts'ə44 xuo35	ts'e44 xuo35	ts'e44 xuo35	ts'e44 xuo35
穿	山	昌	仙	平	合	三	全清	tsu55	t'u55 pə42	tsou55	ts'ou33 tsou33 ji44	dzu44 ji42(緊)	ts'v42 tsao44 ji44	je42(緊)	tsou44	tso44	tɕo44	to44
神	臻	船	真	平	開	三	全濁	se31	zʐ31	zõ31	sei55 jĩ21	ue31 ɲi21	sã24 ɲi44	sẽ55 ji21	ʂ21	ʂ21	ʂ21	ʂ21
鼠	遇	書	語	上	開	三	全清	çu33	su33	sõ33 sʐ33	so33	sɯ44 sə̃	so33	so33	sv33	sv33	sv33	sv33
拭	曾	書	職	入	開	三	全清	ʂo42	çi42	sʐ42	ma55	sɯ21 tʂ'o55 ma35	ts'a24 fũ31	ts'a55	su44 ma35 ts'a35	su44 ma35 ts'a35	su44 ma35 ts'v35	su44 ma35 ts'v35
書	遇	書	魚	平	開	三	全清	so55	su55	sv55	so44	ʂ35 ts'ue33	si24 tɕ'ue44	so55	çou55	ço55	çou55	ɯ55

漢譯	韻攝	中古聲母	中古韻目	中古聲調	開合	等第	清濁	共興	洛本卓	營盤	辛屯	諾鄧	漕澗	康福	挖色	西窯	上關	鳳儀
是	止	禪	紙	上	開	三	全濁	dzɿ33	dʑõ33	dzʐ33	tsa33	tse33	tse33	tsa33	tso33	tso33	tsu33	tso33
勹子石	宕	禪	藥	入	開	三	全濁	dzʉ42	me55 tso42	tiu42	mi44 tsou42	mi44	so24	me55 tɕio21	mi21	mi21	mi21	mi21
石	梗	禪	昔	入	開	三	全濁		tõ42	do42	kou55	tsʅ21	tiao44 kũ33	sau55	tsou35	tso35	tso35	ts'o35
擠	蟹	精	齊	平	開	四	全清	tsa44	tsa44	tsa44	tsui21	tsue33 ts'ue55	tɕi31	tsue44(緊) tɕi44	ɤ44	a44 e44	tɕi44	a44 e44
花椒	效	精	宵	平	開	三	全清	ɕu55	ɕu55	ɕu55	tɕi42 kɯ55 kou55	su35	su24 la24 tsi33	su55	su35	zi21 tɕo35	zi21 tɕo35	zi21 tɕo35
卒快	臻	精	沒	入	合	一	全清	tsua42	tsua42	tsue42	tɕi42 tsua42	tʂu21 tʂu21	ts'v42 p'iã31	tɕi42(緊) tsua42(緊)	ŋɤ21 tɕui31	ŋɤ21 tɕui31	ŋɤ21 tɕui31	ŋɤ21 tɕui31
撕	蟹	心	齊	平	開	四	全清	tɕ'ui55	tɕ'ui55	p'i55	p'ei55	p'e55	p'e42 pe42	p'e55	p'e55	p'e55	p'e55	p'e55
剝	江	幫	覺	入	開	二	全清	pe55	la55	pi55	pei33	pe21 (lua33)	pe42 pai31	pe21	pɤ21	pɤ21	pɤ21	pɤ21
寫	假	心	禡	上	開	三	全清	ue42	ue42	vɤ42	vɤ42	ue21	uɛ42	vɤ42(緊)	uɤ42	ue42	ue42	ue42
畫	蟹	匣	卦	去	合	二	全濁	ue42	ue42	ve42	xua55	xua33	xua33	ua55 xua55	xua55	xua55	xua55	xua55
軟	山	日	獮	上	合	三	次濁	p'a55	p'a55 nʲi33xũ33	p'a55	p'e55 nou33	p'a55 nɔ35	nʑ̃24	p'ɤ55	ŋɯ21	ŋɯ21	ŋɯ21	ŋɯ21
瞎	山	曉	鎋	入	開	二	次清	tu55	tẽ55	ta55	tã55	te35	tu33	tɤ55	te35	te35	ça35	ça35
兄哥	梗	曉	庚	平	合	三	次清	jõ55	nõ55	nõ55 qo55	tou55	jo35	zv24 ko33	jɔ33	kɔ44	kɔ44	kɔ44	kɔ44

漢譯	韻攝	中古聲母	中古韻目	中古聲調	開合	等第	清濁	共興	洛本卓	營盤	辛屯	諾鄧	漕澗	康福	挖色	西窯	上關	鳳儀
厚	流	匣	厚	上	開	一	全濁	ɢɯ33 qɯ33	ɢɯ33	qɯ33	kũ33	gɯ33	kɯ33	kũ33	kɯ33	kɯ33	kɯ33	kɯ33
寒冷物煲天氣	山	匣	寒	平	開	一	全濁	qa44 ka44	qa44 ka44	qa44 ka44	kɯ44	gɯ35 ga21	kɯ24	kɯ35 ka21 (緊)	kɯ35	kɯ35 kua21	kɯ35	kɯ35
黃	宕	匣	唐	平	合	一	全濁	ʁã21	ŋo21/õ21	ʁo21	ŋv21/ɣo21	ɣo21	vṽ31 ṽ31	uõ21 (緊)	ŋv21	ŋv21	ŋv21	ŋv21
滑	山	匣	錯	入	合	二	全濁	dzue42	ʈue42	duie42	tsui42 ua42	dze35	tɕui42	xua42 (緊) ɕũ55	tsue42	tsui42	tsue42	tsue42
窯	效	以	宵	平	開	三	次濁	ŋo31	ŋo31	ʁo31	tsui42	ŋo31	ju33	ju21	ou44	o44	ou44	ou44
養	宕	以	養	上	開	三	次濁	ʂõ33	sou33 sõ33/ɕõ33	ɕõ33	ja31	jɯ35	xã42 ue33	e42 (緊) ŋɤ21 (緊)	ja31	za31	ja31	ja31
送	通	心	送	去	合	一	全清	sõ33	sou33 sõ33 ɕõ33	ɕõ33	ja31	ʂõ33	sõ33	sʼau33	sou33	so33	sou33	so33
利息	--	--	--	--	--	--	--	bu21	bu21	pɯ21	pɯ21	bu21	li42 ɕi24	li55 ɕi35	li42 si35	pɯ21	pɯ21	pɯ21
水田	--	--	--	--	--	--	--	ɕui33 dʑi42	ɕui33 dʑi42 pʼou44 tɕiɯ31	ɕui33 dʑi42	tɕi33 tɕi33	ɕy44 dʑi21	tɕi31	ɕy33 tɕi31	ɕy33 tɕi33	ɕy33 tɕi33	ɕy33 tɕi33	ɕy33 tɕi33
芋頭	--	--	--	--	--	--	--	xɯ44 qʼo33	xɯ44 qʼo33	xɯ44 qʼo33	pʼi21 tʼo55	bi21 tʼo55	pi33 tʼṽ42	pi21 (緊) tʼõ55	ŋou44	ŋo44	ŋou44	ŋou44

表四：白語漢語借詞之現代官話層（包含以滯古語音現象表示各時期的漢語借詞音讀）：上古時期（兼具語音過渡特徵）

漢譯	韻攝	中古聲母	中古韻目	中古聲調	開合	等第	清濁	共興	洛本卓	營盤	辛屯	諾鄧	漕澗	康福	挖色	西窯	上關	鳳儀
百柏	梗	幫	陌	入	開	二	全清	pe42	pa42	po42	pɤ44	pe55	pe24	pɤ44（緊）	pɤ44	pe44	pɤ44	pe44
補衣服	遇	幫	姥	上	合	一	全清	pu33	pu33	pv33 kv33	pu33	pu33	pu21	pu33	pu33	pu33	pu33	pu33
偏	山	滂	仙	平	開	三	次清	tɕʰuẽ55	tɕʰuã55	pʰie55	piɚ55	ue35	pʰie42	pʰiɤ̃55 ɕe42	pʰiɚ55	pʰie55	pʰiɚ55	pʰie55
溝	宕	並	鐸	入	開	一	全濁	po42	po42	po42	po42	po42	pao42	pa42（緊）	pou42	po42	pou42	po42
皮	止	並	支	平	開	三	全濁	bi31	tɕui31 qo44	pi31	pe21	pe33 tʂo35	ke33 pai31	pe21	pe35	pe35	pʰi42 fv44	pe35
平	山	並	仙	平	開	三	全濁	be21	pã21	pe21	pɛ̃21	pe21	pv31	pɤ̃21（緊）	pɚ21	pe21	pɚ21	pe21
墨	曾	明	德	入	開	一	次濁	mu44	mu44	mu44	me44	me35	me44	mu44	mu44	mu44	mu44	mu44
買交換	流	明	侯	去	開	一	次濁	mũ33	mũ33	mu33	mu33	mu33 xue33	mũ33	mu33	mu33	mu33	mu33	mu33
小麥	梗	明	麥	入	開	二	次濁	mũ44 go21	mu44 ku21	mu44 kv21	mu33 ko21	mũ33 go21（緊）	mũ33 kv33	mu44 ko21（緊）	mu44 kv21	mu44 kv21	mu44 kv21	mu44 kv21
大麥	---	---	---	---	---	---	---	zo21	zo21	zau21	sou21	mũ33 go21（緊）	mũ33 kv33	mi55 za21（緊）	tso21	tso21	tso21	tso21
面	山	明	線	去	開	三	次濁	mi42	mi42	mi42	mi42	jo21	mi42	mi42 kã55	mi32	mi32	mi32	mi32
暝暗	梗	明	青	平	開	四	次濁	mie42	ŋua42	nõ42	xe44	mie21	xu33	me33	xu44	xu44	xu44	xu44

附錄：白語漢源詞語源材料

漢譯	韻攝	中古聲母	中古韻目	中古聲調	開合	等第	清濁	共興	洛本草	營盤	辛屯	諾鄧	漕澗	康福	挖色	西窯	上關	鳳儀
秫稻草	山	明	陌	入	合	一	次濁	Go44 ma44	qa44 ma44	qe44 ma44	ma44	ma44	ma44	ma44	ma44	ma44	ma44	ma44
墓	遇	明	暮	去	合	一	次濁	mu44	mo44	mv44	mao42	mɔ42 k'ɔ55	mao31 k'ɔ42	mũ31	mu32	mu32	mu32	mu32
門	臻	明	魂	平	合	一	次濁	me21	me21	me21	mei21	me33	mã31	ma21(緊)	me21	me21	me21	me21
斧 斧子 斧頭	遇	非	虞	上	合	三	全清	pu33	pu33	pu33	pũ33 (ts'ou33)	bu33 (tʂ'ɔ33)	pu33 (ts'ɔ33)	pu33 ṽ33	pu33	pu33	pv33	pu33 (tsʅ33)
肺	蟹	敷	廢	去	合	三	次清	tɕ'ua44	tɕ'ua44	tɕ'ua44	p'ia44	p'ia21	p'ia33	fe44(緊)	p'ia44	p'ia44	p'ia44	p'ia44
覆蓋	通	敷	屋	入	合	三	次清	p'ɯ42	p'ɯ42	p'ɯ42	p'ɯ31	p'ɯ21	p'ɯ31	p'ɯ31	p'ɯ42	p'ɯ42	p'ɯ42	p'ɯ42
漂浮	流	奉	尤	平	開	三	全濁	bu55	pu55	pu55	p'io21	bu33	pu21	pu21	pu31	pu31	pu31	pu31
蚍蜉	流	奉	尤	平	開	三	全濁	pv21	bu21	pu21	põ21	bɯ21	pu31	pa21(緊)	pu31	pu31	pu31	pu31
亡	宕	微	陽	平	開	三	次濁	mũ44	mũ44	mɯ44	mu33	mu21	mu21	muu44	mou21	mo21	mou21	mu21
晚	山	微	阮	上	合	三	次濁	mẽ33	me33	me33	mei33 ɕ'iɚ55	me33 pe33 kɛ21(緊)	mã33 pã33 kv44	me33	me33 pe33 kɚ32	me33 pe33 kie32	me33 pe33 kɚ32	me33 pe33 kie32
尾	止	微	尾	上	開	三	次濁	mẽ33 qua33	mõ33 qua33	mu33 kua33	mo31 to33	ŋo21 do35	mi33 tu24	vo33 to55lo55	v33 tv35	v33 tv35	mi33 tu35	mi33 tu35
蚊	臻	微	文	平	合	三	次濁	mũ44 (tsʅ33)	mo44 (qo33)	mɯ44	mũ44 (tsi33)	mu44	mou44	mãu44(緊) (tsi33)	xe44	mũ44 (tsi33)	mũ44 (tsi33)	mãu44 (tsi33)
戴	蟹	端	代	去	開	一	全清	ti42 tʂu42	tɯ42 ʈo42	tɯ42 tiu42	tai55	tɯ21	tɯ31 kɯ31 kua44	tũ42(緊)	tɯ31	tɯ31	ti31	ti31
燈	曾	端	登	平	開	一	全清	tɯ55	tɯ55	tɯ55	tẽ33	tɯ35	tɯ24	tũ55	tɯ35	tɯ35	tɯ35	tɯ35

漢譯	韻攝	中古韻目	中古聲母	中古聲調	開合	等第	清濁	共興	洛本卓	營盤	辛屯	諾鄧	漕澗	康福	挖色	西窯	上關	鳳儀
踩踏	咸	合	透	入	開	一	次清	da42	da42	da42	tã42	ta42	ta42 / t'a24	ta42	ta42	ta42	ta42	ta42
鐵	山	屑	透	入	開	四	次清	tɕ'i44	tɕ'i44	tɕ'i44	t'ei44	t'e44	t'ai44	t'e55	t'e44	t'e44	t'e44	t'e44
頭	流	侯	定	平	開	一	全濁	di31	tɯ31 / dʑɯ31	tɕɯ31	ti31	duu21	tsṽ31	tɯ21(緊)	tɯ21	tɯ21	tɯ21	tɯ21
豆	流	侯	定	去	開	一	全濁	di42	duu42	dʑɯ42	po21	bo21	sã42	pa21(緊)	po21	po21	po21	po21
大	蟹	泰	定	去	開	一	全濁	da42	do42	do42	ti44	du21	tuu33	ta42(緊)	tɯ31	tɯ31	tɯ31	tɯ31
等待	蟹	海	定	上	開	一	全濁	di33	dʑɯ33	diɯ33	tou42	do21	to31	tɯ33	to31	to31	to31	to31
偷盜	效	號	定	去	開	一	全濁	de31	die31	di31	tũ33	du33	tiu33	ta31	tɯ33	tiu33	tɯ33	tɯ33
掉	效	嘯	定	去	開	四	全濁	tua42	tua42	tua42 / dua42	tã44	da21	tã31	tua42(緊)	ta31	ta31	ta31	ta31
毒	通	沃	定	入	合	一	全濁	duu42	tuu42	tɯ42	tou42	qu21	liao44 / tou42	tɯ42	tio44	tio44	tio44	tio44
洞孔	通	送/董	定/溪	去/上	合/合	一/一	全濁/次清	to44	tõ44	to44	tu42	do21	tv42 / kao42	tõ44(緊)	tɯ42 / kɤ44	tu42 / ki44	tu42 / ki44	tu42 / kɤ44
嫩揉	臻/流	慁/尤	泥/日	去/平	合/開	一/三	次濁/次濁	nẽ31	nji31	ȵuu31	tou42 / juɯ21	ȵuu21 / ȵuu35 / zɣua42	ȵuu31	juɯ21	nɯ31	nuu31	ŋuu31	nuu31
囊口袋	宕/通	唐/東	泥/泥	平/平	開/合	一/一	次濁/次濁	nõ31	nṽ31	no31	no31	nu21	no31 / ɣo33	na21	nu21	no21	nu21	no21 / ne21
膿	通	東	泥	平	合	一	次濁	nji21	nṽ21	ȵuu21	nuu33	nu31	nõ21	no21(緊)	no21	nue21	no21	no21
肝	山	寒	見	平	開	一	全清	qa55	qa55	qa55	ke33	ga35 / ko21	kã24	kã55	ka35	ka35	ka35	ka35
缸	江	江	匣	平	開	二	全濁	ko33	ku33	ko33	ku33	k'ɤ33	ko33	p'a44	kɔ44	kɔ44	k'v33	kɔ44
歌曲	果	歌	見	平	開	一	全清	ko33	ku33	ko33	ku33	k'ua33	ko33	ko33	kɔ44	kɔ44	kɔ44	kɔ44
狗	流	厚	見	上	開	一	全清	q'ua33	q'õ33	q'ua33	k'ua33	k'ua33	k'ua33	k'ua33	k'ua33	k'ua33	k'ua33	k'ua33

漢譯	韻攝	中古聲母	中古韻目	中古聲調	開合	等第	清濁	共興	洛本卓	營盤	辛屯	諾鄧	漕澗	康福	挖色	西窯	上關	鳳儀
角 動物	江	見	覺	入	開	二	全清	qo44 qou44	qõ44	qo44	kuo44	qɔ44	kv44	ko44 tsã21	kv44	kv44	kv44	kv44
角 錢幣	江	見	覺	入	開	二	全清	xo42	tɕʰi42	xo42	ko44	xɔ42	tɕio24	tɕo35	xɔ42	xɔ42	xɔ42	xɔ42
隔	梗	見	麥	入	開	二	全清	qe42	qa42	qe42	kɤ55	ke44	ke44	kɤ44	kɤ44	kie44	kɤ44	kie44
教	效	見	肴	平	開	二	全清	qã55	qã55	qa55	kã44	ka35	kã24	kã55	ka35	ka35	ka35	ka35
灰剪	咸	見	洽	入	開	二	全清	ʁa42 qo42	Ga42 qa42	qe42	kɤ42	ke42 (緊)	tɕia24	kɤ42 tɕa35	kɤ42 tɕa35	kɤ42 tɕa35	kɤ42	kie42
腳	宕	見	藥	入	開	三	全清	kɯ44	ko44	ko44	kou55	Gu33 pʰo33	kao44	kau44 (緊)	kou44	ko44	kou44	ko44
踞坐	遇	見	御	去	開	三	全清	kɯ42	qv42 kv42	ko42	kuo42	kɤ42 (緊)	kv42	ko42 (緊)	kv32	kv32	kv32	kv32
救	流	見	宥	去	開	三	全清	kɯu42	kɯu42	kɯu42	kɯ42	kɯu42	kɯ31	kɯu42 (緊)	kɯu42	kɯu42	kɯu42	tɕio32
韭	流	見	有	上	開	三	全清	kɯ̃33	kɯu33	kɯu33	kɯu33 tsʰɯ31	kɯu33 tsʰɯu21	kɯu33 tsʰɯu33	kɯu33 tsʰɯu31	kɯu33	kɯu33	kɯu33	kɯu33
薑	宕	見	陽	平	開	三	全清	kõ55	kõ55	ko55	tɕʰi55 kou55	tɕʰi44 kɔ33	kõ24	tɕʰi55 kãu55	kou35	ko35	kou35	kou35
雞	蟹	見	齊	平	開	四	全清	qe55	qe55	qe55	ke55	ke35	ke24	ke55	ke35	ki35	ki35	ki35
姑	遇	見	模	平	合	一	全清	qu55 gɯ55	qv55 gɯ55	qu55 gɯ55	ku55	pu55 u55 ku35	ku24	ku55 (緊) niã33	ku35	ku35	ku35	ku35
蕨 蕨菜	山	見	月	入	合	三	全清	kua44	kua44	kui44	kua44 tsʰɯ31	kua33	kua44 kuã44 la44	kua44	kua44 la44	kua44 la44	kua44 la44	kua44 la44
巧	效	溪	巧	上	開	二	次清	qʰu33	qʰu33	qʰu33	vɤ42	qʰu33	lua42	kʰu33	kʰu33	kʰu33	kʰu33	kʰu33

漢譯	韻攝	中古聲母	中古韻目	中古聲調	開合	等第	清濁	共興	洛本卓	營盤	辛屯	諾鄧	漕澗	康福	挖色	西窯	上關	鳳儀
寬	山	溪	桓	平	開	三	次清	qʰua55	qʰua55	qʰua55	kʰuã55	kʰua55	kʰua55	kʰua55(緊)	kʰua55	kʰua55	kʰua55	kʰua55
牽	山	溪	先	平	開	四	次清	qʰã55	qʰe55 tɕio55	qʰe55	kʰei55	kʰe55	kʰã42	kʰẽ55	kʰe55	kʰe55	kʰe55	kʰe55
胯腿	遇	溪	暮	去	合	一	次清	qʰue42	qʰua55	qʰua55	kʰo42	kʰue21	kʰue42	kʰueʔ31	kʰueʔ31	kʰue31	kʰueʔ31	kʰue31 tʰui31
舅舊	流	群	有宥	上去	開	三	全濁	quɯ33 guɯ33 guɯ42	quɯ33 guɯ33 guɯ42	quɯ33 guɯ33 guɯ42	kuɯ31 tɕiou55	guɯ21 tɕu55	kuɯ31	kuɯ31	kuɯ33 tɕo55	kuɯ33 tɕo55	kuɯ33 tɕou55	kuɯ33 tɕiou55
群	臻	群	文	平	合	三	全濁	tʂʐ31	tʂẽ31	dzʐ31	kõ33	ɣo35 pa35	kʰã42 tã24	ɕʰu55	kv31	kv31	kv31	kv31
脆	止	群	紙	上	合	三	全濁	tsʐ31 dzʐ31	dzi31	dzʐ31	tse44 kʰo21	ko21	kv31	ko31	ko31	ko31	kv31	kv31
膽	咸	端	敢	上	開	一	全清	ti33	ti33	ti33	tã33	da21	tã33	tã33	ta33	ta33	ta33	ta33
芽	假	疑	麻	平	開	二	次濁	ɲɛ44	ɲe44 ã31	ɲɛ44	ŋɤʔ21 tsi33	ŋɛʔ21 ŋɛʔ21	ŋɛ44	ŋɤʔ21 tsi33	ŋɤʔ21	ŋɤʔ21	ŋɤʔ21	ŋɛʔ21
我吾	果遇	疑	哿模	上平	開合	三一	次濁	ŋa33	ŋo33	ŋo33	ŋo31	ŋo21 ŋa55	ŋo33	ko31	ŋɔ31 ŋa55	ŋɔ31 ŋa55	ŋɔ31 ŋa55	ŋɔ31 ŋa55
魚	遇	疑	魚	平	開	三	次濁	ŋõ55	ŋv55	mv55	ŋo55	ŋo35	ŋv24	ŋo55	ŋv35	ŋv35	ŋv35	ŋv35
語	遇	疑	語	上	開	三	次濁	ŋõ31	õ31	ŋv31	y33	ŋa21	jy31	y33	ŋv31	ŋv31	ŋɔ31	ŋɔ31
甂甌	山曾	疑精	元證	平去	開	三	次濁全清	uẽ21	ue21 ɕõ55 uẽ21	ŋui21	ui21	ŋui21 kʰo33	ŋui21 ne21	vuu21	ue21	ui21	ue21	ue21
栗	臻	來	質	入	開	三	次濁	ji42	ji42	jɯ42	li35	tɕʰiʔ42 li21	tɕʰiʔ42 li21	tɕʰiʔ55 li31	tɕʰiʔ42 li21	tɕʰiʔ42 li21	tɕʰiʔ42 li21	tɕʰiʔ42 li21

漢譯	韻攝	中古聲母	中古韻目	中古聲調	開合	等第	清濁	共興	洛本卓	營盤	辛屯	諾鄧	漕澗	康福	挖色	西窯	上關	鳳儀
露	遇	來	暮	去	合	一	次濁	ka42	kɔ̃42	ko42	kou42	gɔ42	kv42	kã42 (緊)	kv42	kv42	kv42	kv42
梁	宕	來	陽	平	開	三	次濁	no31	nõ31	nv31	nõ31	me33 / nɔ21 (緊)	nv31	----	----	----	----	----
壓	咸	影	狎	入	開	二	全清	ja44	a44	ja44	a44	ja44	ja44	ja44	ja44	za44	ja44	ja44
飲	深	影	寢	上	開	三	全清	uĩ33	uĩ33	u33	ɣu55	ʔu33	ŋũ33	uĩ33	ɣu33	ɣu33	ɣu33	u33
香	宕	曉	陽	平	開	三	次清	çõ55	çõ55	ço55	çiou44	ço35	çiõ24	çãu55	çou35	ço35	çou35	çou35
休息	流	曉	尤	平	開	三	次清	çã55	çõ55	çã55	çiã55	ça35	çiã24	çã35 / çau33 / çi35	ça35	ça35	ça35	ça35
火	果	曉	果	上	合	一	次清	xue33	fe33	xue33	xʼue33	xui33	xue33	xʼue33	xue33	xui33	xue33	xui33
火煙	--	--	--	--	--	--	--	xue33 çi55	fe33 çi55	xue33 si55	xʼue33 çi55	xui33 çi55	xue33 çiã55	xʼue33 çĩ55	xue33 çi55	xui33 çi55	xue33 çi55	xui33 çi55
猴孫	流	匣	侯	平	開	一	全濁	çui55	sõ55	çue55	vɯu33 sua44	ɣu21 sua35	u31 suã24	ɣu21 suã55	sɪ55	sɯ55	sɪ55	si55
猴	流	匣	侯	平	開	一	全濁	õ55	ŋo55	ɣu55	vɯu33 sua44	ɣu21 sua35	u31 suã24	ɣu21 suã55	ou55	ɣo55	ou55	ɣo55
汗	山	匣	翰	去	開	一	全濁	ʁã31	ŋã31 / ã31	jɛ31	ŋa21	ɣa21 (緊)	ŋã31	ɣã21 (緊)	ŋa21	ŋa21	ŋa21	ŋa21
後 / 後面	流	匣	厚	上	開	一	全濁	ɣɯ33	ɣɯ33	ɣɯ33	ɣɯ33	ɣɯ33	ɣɯ33	ɣɯ33	ɣɯ33 / ɯ33	ɣɯ33 / ɯ33	ɣɯ33 / ɯ33	ɣɯ33 / u33
學 / 讀	江	匣	覺	入	開	二	全濁	ʁɯ42	ɣɯ42	ʁɯ42	ɣɯ42	ço35	ɣɯ42 / ço24	ɣɯ42 (緊)	ɣɯ42	ɣɯ42	ɣɯ42	ɯ42

漢譯	韻攝	中古聲母	中古韻目	中古聲調	開合	等第	清濁	共興	洛本卓	營盤	辛屯	諾鄧	漕澗	康福	挖色	西窯	上關	鳳儀
壺	遇	匣	模	平	合	一	全濁	vu21	lo55 ue42	qu21	x'u42	t'a44 hu21 k'o44	ku31	kua42 tsi33 tsa21（緊） ku21（緊）	ku21	ku21	xu42	ku21
豬	遇	知	魚	平	開	三	全清	te42 de42	de42	te42	t'e42	de21	tai42	te42	te42	te42	te42	te42
坼拆	梗	徹	陌	入	開	二	次清	t'ua42	t'o42	t'ə42	t'ei33	t'e33 ts'e35	t'ai44	t'e44（緊）	t'e42	t'e42	t'i42	t'i42
女	遇	娘	語	上	開	三	次濁	ɳo33	ɳu33	ɳõ33	nũ33	ɳo33	ɳv33	jõ33 mãu33	ɳv33	ɳv33	ɳv33	ɳv33
汝若你	遇 假 止	日 日 娘	語 禡 止	上 上 上	開	三	次濁	no31	no31	nɯ31	nou55 na55	no21 na55	no31 na55	nãu31 na55	no31 na55	no31 na55	no31 na55	no31 na55
紫	蟹	牀	佳	平	開	二	全濁	si55	sẽ55	s'ẽ55	ç'i44	çi55 kua33	çiã24	ç'i55	çi55	çi55	çi55	çi55
手	流	書	有	上	開	三	全清	çɯ33	ʂ'ɯ33 ʂɿ33	çi33	s'ɯ33	ʂɯ33	sɯ33	s'ɯ33	sɯ33	sɯ33	sɯ33	sɯ33 sou33
扇	山	書	線	去	開	三	全清	ʂɿ55	sẽ55	sɿ55	si55	sẽ21 pa21	sã42	se44 fo44 pau44	se55	fv33 se44	se55	fv33 se44
屎	止	書	旨	上	開	三	全清	si33 tɕ'i55	si33 tɕ'i55	si33 tɕ'i55	si33 tɕ'i55	sɿ33	si31 tɕ'i55	si33	sɿ33	sɿ33	sɿ33	sɿ33
鼠	遇	書	語	上	開	三	全清	çu33	su33	so33 sɿ33	so33	sɤ44	so33	so33	sv33	sv33	sv33	sv33
識	止	書	志	去	開	三	全清	tʂɿ42	si42	çi42	se55	sɿ35	zɿ44	su44	su44	su44	su44	su44

漢譯	韻攝	中古韻目	中古聲母	中古聲調	開合	等第	清濁	共興	洛本卓	營盤	辛屯	諾鄧	漕澗	康福	挖色	西窯	上關	鳳儀
葉子	咸	葉	書	入	開	三	全清	ṣa44	ṣe44	se44	sʼe44	ṣe44	sai44	sʼe44	se44	se44	se44	se44
書	遇	魚	書	上	合	三	全清	so55	su55	sv55	so44	sŋ35 tsʼue33	si24	so55	çou55	ço55	çou55	ɯ55
說	蟹	祭	書	去	合	三	全清	sua44	sua44	sua44	sua44 tso42	qa21 sua55（緊）	sua44	tçã31	sua44	sua44	sua44	sua44 tsuo44
山	山	山	生	平	開	二	全清	ṣõ55	ṣɛ55	ço55	so42	ṣɔ31（緊）ṣɔ̃	sv42	so42（緊）	sʼv32	sv32	sv32	sʼv32
沙	假	麻	生	平	開	二	全清	so55	ço55	çio55	sʼo55	ṣo55	so42	sʼau55	su55	su55	su55	su55
篩	臻	櫛	生	入	開	二	全清	çi42	çi42	çi42	çi42	çi55	çi42	çi44	çe42	çe42	çi42	çe42
紗布	假遇	麻暮	生幫	平去	開合	二一	全清	se55 pɯ31	se55 pɯ31	se55 po31	sʼe55	se21 pʼio21 kv21	sa55 pʼiao31	sʼe44	se32 pʼio31	se32 pʼio31	se32 pʼio31	çe32 pʼio31
霜	宕	陽	生	平	開	三	全清	sõ55	sõ55	ço55	sʼou44	ṣɔ55	sõ42	sʼãu55	sou55	so55	sou55	sou55
冰	曾	蒸	幫	平	開	三	全清	sõ55 qa55	sõ55	ço55 pe55	sʼou44 piẽ44	ṣɔ55 kʼɔ55	sõ42 kʼɤ42	sʼãu55 pʼɤ55	sou55	piɯ55	sou55	piɯ55
圓	梗	清	清	平	開	三	次清	tçʼi55	tçʼi55	tçʼi55	tçʼi55	tçʼi55	tçʼi55	si33	sŋ33	sŋ33	sŋ33	sŋ33
尿	止	旨	書	上	開	三	次清	si33	si33	si33	si33	sŋ33	si33	si33	sŋ33	sŋ33	sŋ33	sŋ33
灶	效	號	精	去	開	一	全清	tsu42	tsu42	tso42	tsu42 çy33	tso42	tũ42	tsa42	tsuo32	tsuo32	tsuo32	tsuo32
早	效	皓	精	上	開	一	全清	tsou33	tso33 tsui33	tçui33	tsu33 kʼɤ55	dzu21	tsu33 kʼɤ42	tsu33	tsu33 tsʼɤ33	tsv33 tsʼɛ33	tsu33 kɤ33	tsu33
增	曾	登	精	平	開	一	全清	tsũ55	tsɛ̃55	tsŋ55	tçʼiã55 kʼɯ33	tsi55	tsṽ44	tsi55	tsv44	tsv44	tsv44	tsv44
子	止	止	精	上	開	三	全清	tsi33	tsi33	sŋ33	tsi33	tsŋ33	tsi33	tsi33	tsŋ33	tsi33	tsi33	tsŋ33
酒	流	有	精	上	開	三	全清	tsõ33	tsõ33 dzõ33	tsɯ33	li31 tçi44	dzŋ33 li21 tçʼi55	tsv33	tso33 lɯ31 tçi55	tsŋ33	tsŋ33	tsi33	tsi33

漢譯	韻攝	中古聲母	中古韻目	中古聲調	開合	等第	清濁	共興	洛本卓	營盤	辛屯	諾鄧	漕澗	康福	挖色	西窯	上闌	鳳儀
蔥	通	清	東	平	合	一	次清	tsʰu55	tsʰo55	tsʰo55	tsʰõ55	tsʰɿ55	tsʰv̩55	tsʰõ55	tsʰɿ55	tsʰɿ55	tsʰɿ55	tsʰɿ55
賊	曾	從	德	入	開	一	全濁	tsɿ42	tsɿ42	tsɿu42	tsɿu42	dzɿu21	tsɿu42	tsɿu42	tsɿu42	tsɿu42	tsɿu42	tsɿu42
栽	蟹	從	咍	平	開	一	全濁	Ga42	qa42	ka42	kɤ42	ke42	tsai42	tsʰe55	kɤ42	ke42	kɤ42	ke42
在	蟹	從	代	去	開	一	全濁	dʑi33	tɕi33 / dʑi33 / qv42	dzɯ33	zɛ31	zɿ33	tsɿu33	tsɿu33	tsɿu33	tsɿu33	tsɿu33	tsɿu33
賊	曾	從	德	入	開	一	全濁	tsɿu42	tsɿ42	tsɿ42	tsɿu42	dzɿu42	tsɿu42	tsɿu42（緊）	tsɿu42	tsɿu42	tsɿu42	tsɿu42
字	止	從	志	去	開	三	全濁	dzɿ44	dzɿu44 / zɿu44	tsɿu44	so44	sɿ35	si24	so55	sɿ35	sɿ35	sɿ35	sɿ35
小	效	心	小	上	開	三	全清	se31	sẽ31	si31	se44	se21	sai31	sʰe31	se31	se31	se31	se31
星	梗	心	青	平	開	四	全清	sã55	çã55	se55	çʰie33	çe44 / kʰo44	çv42	çʰɤ55	çɤ55	çe55	çɤ55	çe55
西	蟹	心	齊	平	開	四	全清	si33	çui33	çu33	sei55 / sʰe44	se33	sã24 / sã31	sʰe33	se35 / se33	se35 / se33	çi44 / se33	se35 / se33
洗	蟹	心	薺	上	開	四	全清	çue55	çui33	çui55	sʰuã55	sua44	suã42	sʰuã55	sua55	çua55	sua55	çua55
孫	臻	心	魂	平	合	一	全清	su33	sõ55	tso33	su33	sↄ33	so33 / pe42	so33	suo33	so33	suo33	suo33
鎖	果	心	果	上	合	一	全清	su33	suã31	çui31	sʰua31	sua21	suã31	sʰuã31	sua31	çua31	sua31	sua31
蒜	山	心	換	去	合	一	全清	çue31	sue44	sui44	sʰue44	sue44	çy44	sʰue44	sue44	çy44	sue44	sue44
雪	山	心	薛	入	合	三	全清	sui44	sue44	sui44	sʰue44	sue44	çy44	sʰue44	sue44	çy44	sue44	sue44
石	梗	禪	昔	入	開	三	全濁	do44 / dzɿu44	ʈↄ44	tiu44	tso42	tʂo42	tsou44	tsa42 / kʰue55	ta32	ta32	ta32	ta32
人	臻	日	真	平	開	三	次濁	ȵi21	ȵi21	ȵi21	jĩ21 / kɤ̃55	ȵi21（緊） / ke35	jĩ21 / kɤ̃55	jĩ21（緊）	ȵi21 / kɤ35	ȵi21 / kie35	ȵi21 / kie35	ȵi21 / kɤ35

漢譯	韻攝	中古聲母	中古韻目	開合	等第	清濁	中古聲調	共興	洛本卓	營盤	辛屯	諾鄧	漕澗	康福	挖色	西窯	上關	鳳儀
忍	臻	日	軫	開	三	次濁	上	ȵi33	ȵi33	ȵi33	ji31	ȵu33	zu31	jĩ33	su31	su31	zɯ33	zɯ33
嬴	梗	以	清	開	三	次濁	平	ɣo55	jo55	ɣo55	ji44	ju35	jĩ42	jũ55	ɣo35	ɣo35	ɣo35	ɣo35
蒸籠(溫)	臻	影	魂	合	一	全清	平	ue55	ũ55	ue55	ue21 / mei31	ŋue21 / ne21	ue55 / xo31 / xo31	ŋue21	ŋui21	ŋui21	ŋue21	ŋue21

說明：白語詞例「蒸籠」之音讀，乃借用漢語詞義「溫（加熱）」而來，用以表示器物的功能在於將食物溫熱。

表五：白語漢語借詞之現代官話層（包含以濡古語音現象表示各時期的漢語借詞音讀）：中古時期

漢譯	韻攝	中古聲母	中古韻目	開合	等第	清濁	中古聲調	共興	洛本卓	營盤	辛屯	諾鄧	漕澗	康福	挖色	西窯	上關	鳳儀
拜	蟹	幫	怪	開	二	全清	去	pa21	pa21	pa21	pe31	pe42（緊）	tso24 / ji24 / tɕʰiou42 / tɕi42	pə42	pə32	pe32	pə32	pe32
鉢	山	幫	末	合	一	全清	入	pa44	qe42 / ȵi31	pa44	pa44	pa44	pa44	pa44	to31 / pa44	to31 / pa44	to31 / pa44	to31 / ku44 / pa44
屁	止	滂	至	開	三	次清	去	fu31	fe31	fe31	fv31	fv44	fo42	fo31	fv31	fv31	fv31	fv31
爬	假	並	麻	開	二	全濁	平	mã55	mã55	ma55	mã55	me44	me44	mə44	ma44	ma44	ma44	ma44
草蓑衣	梗	並	昔	開	三	全濁	入	bi44	dʐui44	bi44	pi44 / se33	dzɯ21 / se33	pi21	pĩ31	pi31 / se33	pi31 / se33	pi31 / se33	pi31 / se33
搞 扁	山	並	屑 銑	開	四	全濁	入 上	piɛ33	tɕui33	pie33	piɛ̃55 / pia33	pie33 / pʰi44	pie55 / pʰi31	piɛ̃33 / pia31	piə33	pie33	pie33	piɛ33

漢譯	韻攝	中古聲母	中古韻目	中古聲調	開合	等第	清濁	共興	洛本卓	營盤	辛屯	諾鄧	漕澗	康福	挖色	西窯	上關	鳳儀
鳥	效	端	篠	上	開	四	全清	tsu42	tso42	tsu42	tsou33	tsu42	tsou33	tsau44	tsou33	tsou33	tso33	tso33
踢	梗	透	錫	入	開	四	次清	tɕʻɛ44	tɕʻɛ44	tɕʻɛ44	tɕʻiɤ55	tsua35 / tɕʻɛ44	tɕʻɛ44 / pʻa44	tɕʻɚ44(緊)	tʻua44	tʻua44	tʻɔ44	tʻɔ44
聽	梗	透	青	平	開	四	次清	tʂʻɛ55	tɕʻiã55	tɕʻo55	tɕʻĩ55	tɕʻɛ55	tɕʻv42	tɕʻɚ55	tɕʻɚ55	tɕʻe55	tɕʻɚ55	tɕʻe55
桃子彈	效 / 山	定	豪 / 寒	平	開	一	全濁	to31 / do31	to31	to31	tã21	da21	ta31 / tʻã42	ta21(緊)	ta21	ta21	te21	te21
氣	止	溪	未	去	開	三	次清	tɕʻi55	tɕʻi55	tɕʻi55	tɕʻi55	tɕʻi55	tɕʻi55	tɕʻi55	tɕʻi55	tɕʻi55	tɕʻi55	tɕʻi55
硬	梗	疑	諍	去	開	二	次濁	ɲe42	kv42	ɣe42	ŋuĩ44 / nie42	ŋe42(緊)	ŋẽ42	ŋɤ31	ŋɤ32	ŋe32	ŋɚ32	ŋe32
蜇	山	知	薛	入	開	三	全清	tʂʻo55	tʻo42	tʻiu42	tũ44	tʂʻu55	tʻo55	tiu55	tsʻou55	tsʻo55	tɕʻio55	ŋa55
長	宕	知	養	上	開	三	全濁	dʐo21	tõ21	do21	tsou33	tʂo21	ko24 / tsõ31	xʻɚ55(緊)	tsou21 / kuo35	tsɔ21 / ko35	tsou21 / kuo35	tso21 / ko35
茶	假	澄	麻	平	開	二	全濁	do55 / dʐo55	tõ55	tio55	tsou31	tʂʂ21	tso42	tsa21	tsɔ21	tsɔ21	tsɔ21	tsɔ21
渾濁	江	澄	覺	入	開	二	全濁	dʐo42	tɕo42	zɤ42	tsuo42	tsɤʂ21	tsɤ42	tsɤ42(緊)	tsɤ42	tsɤ42	tsɤ42	tsv42
蟲	通	澄	東	平	合	三	全濁	tʂɿ44	tɕu44	tɕo44	tso21	lɔ44(緊)	lv33	tsɔ21(緊)	tsv21	tsv21	tsv21	tsv33
腸嘗	宕	澄	陽	平	開	三	全濁	dʐõ21	to21	do21	tsou21	dzʐ21 / tʂo21	tsõ31 (si31)	tsã21(緊)	tsou21	tso21	tso21	tsou21
蒸	曾	章	蒸	平	開	三	全清	diu55 / tiu55	tũ55	tuũ55	tɕĩ55	di55 / dze55 / tʂɯ35	tsu24	tsɯ55	a31 / tsɿ44	a31 / tsi44	a31 / tsɿ44	a31 / tsi44
煮	遇	章	語	上	開	三	全清	tso33 / tɕu33	tɕu33	tso33	tsuo31	tsa42(緊)	tso31	tso33	tsv33	tsv33	tsv33	tsv33
休短	遇	章	慶	平	合	三	全清	tsʻi55 / tɕʻi55	tɕʻi55	tsʻɯ55	tsʻe55	tsʻɯ55	tsʻɯ55	tsʻɯ55	tsʻɯ55	tsʻɯ55	tsʻɯ55	tsʻɯ55

漢譯	韻攝	中古聲母	中古韻目	中古聲調	開合	等第	清濁	共興	洛本卓	營盤	辛屯	諾鄧	漕澗	康福	挖色	西窯	上關	鳳儀
種子	通	章	腫	上	合	三	全清	tsõ33	tçõ33	tçu33	tso33	dʐo44	tsṽ24	tsõ33 tsi33	tsv33	tsv33	tsv33	tsv33
種 種植 種類	通	章	用	去	合	三	全清	tʂõ33	tçu42	tçu42	tso42	kɛ35 tsɤ42 dʐɤ42	tsʼi42 kɛ24 fo42	tsõ42 tsõ55	tsv42	tsv42	tsv42	tsv42
臭	流	昌	宥	去	開	三	次清	tʂʼu31	tʼv31 tʼu31	tʼiu31	tsʼu33	tsʼu31	tsʼu31	tsʼu31	tsʼu31	tsʼu31	tsʼu31	tsʼu31
射	假	船	禡	去	開	三	全濁	do44	to44	dzu44	tsou42	dzu42	tsao31	tsa42（緊）	tsou42	tso42	tsou42	se55
舌	山	船	薛	入	開	三	全濁	di44	te44	tie44	tse42	dze21 pʼi21	tsai42	tse42 pʼi21	tse42	tse42	tse42	tse42
水	止	書	旨	上	合	三	全清	çui33	çui33	çui33	çy33	çui44	çy21	çui33	çy33	çy33	çy33	çy33
城	梗	禪	清	平	開	三	全濁	tʃiã21	tiã21	tse21	tsʼẽ42	tse21（緊）	tsʼu42	tsɤ̃21 tsɤ̃21	tsɤ21	tse21	tsɤ21	tsʼu42
樹	遇	禪	遇	去	合	三	全濁	dʐu42	dʑu42	dzɯ42	tçi31	dʐʮ21（緊）	tsu31	tsu31 tsu31	tsu31	tsu31	tsu31	tsu31
熟 果實	通	禪	屋	入	合	三	全濁	dʐo42	tço42	tço42	ja21	tʂo42	jɯ33 ta33 lo31	tʼɯ31	tsv42 xɯ33	tsv42 xɯ33	tsv42	xɯ33
熟 米飯	通	禪	屋	入	合	三	全濁	-----	pʼo55	-----	tʼɤ55	xɯ21	xɯ31	sʼɤ44 ta42	-----	-----	-----	-----
鐲	通	禪	燭	入	合	三	全濁	tçi21	tue21	çi33 ti21	tçi21 pʼou44	dʑi21 pʼɔ33	tçi33 pʼou44	tçi21（緊）	tçi21 pʼou44	tçi21 pʼou44	tçi21 pʼou44	tçi21 pʼou44
抓	效	莊	肴	平	開	二	全清	tsua55	qa55	tsua55	tsua55	qe33 ke33	tsua44 tɕie44	tsua55	ka55 so55	ka55 so55	ka55 so55	so55 tsua55

漢譯	韻攝	中古聲母	中古韻目	中古聲調	開合	等第	清濁	共興	洛本卓	營盤	辛屯	諾鄧	漕澗	康福	挖色	西窯	上關	鳳儀
拔拉	山	並	陌	入	開	二	全濁	dzua42	tɕio42	pia42	tsʻo55	tʻue42 tʂua42 to42 pia42	pia42 ma31	ma21 (緊)	tɕi33 sɔ55	tɕi33 sɔ55	tɕi33 sɔ55	tɕi33 sɔ55
榨油	假	莊	禡	去	開	二	全清	tsa55	tsa55	tʂa55	tsã55	tsa33	kao42	tsa44 (緊)	tsa44	tsa44	tsa44	tsa44
炸爤	咸	牀	洽	入	開	二	全濁	tsa55	tsa55	tʂa55	tsa55	ʂu33 tʂã33	tsa31	tsa55 tsã55	tsa55	tsa55	tsa55	tsa55
雙双	江	生	江	平	開	二	全清	ʂõ55	çõ55	çõ55	ço44	tse33 sɚ55	suã24 tɕã33 sv42	tɕĩ33 sõ55 kɚ33	sv55	sv55	sv55	sv55
進入	臻	精	震	去	開	三	全清	ɲi44	ma44 ɲi44	ni44	ji44	ɲi44	pe33 ŋɯ24	jĩ44	ʑi44	ʑi44	ʑi44	ʑi44
箅前	山	精	線	去	開	三	全清	tɕi42	tsẽ42	tsi42	tɕi42	tɕi42 (緊)	tɕiã31	tɕĩ42 ma42	tɕi32	tɕe32	tɕe32	tɕi32
接	咸	精	葉	入	開	三	全清	tʂa44	tɕa44	tʻa44	tɕa44	tɕa44	tɕia44	tɕa44 (緊)	tɕa44	tɕa44	tɕa44	tɕʻa44
尖	咸	精	鹽	平	開	三	全清	tsu55	tsẽ55	tsi55	tɕi55	tʻio55	ji31	tsẽ55	tɕe35	tɕe35	tɕe35	tɕe35
菜	蟹	清	代	去	開	一	次清	tsʻe42	tsʻi42	tsʻi42	tsʻɯ31	tsʻɯ21 (緊)	tsʻɯ33 sai31 tsʻɯ33	tsʻɯ31 tsʻɯ31 sõ55	tsʻɯ31	tsʻɯ31	tsʻɯ31	tsʻɯ31
清稀	梗	清	清	平	開	三	次清	tɕɛ55	tɕʻã55	tɕʻo55	çiou33 xa33	tɕʻɛ55	tsʻv42	tɕʻɚ55	tɕʻi55	tɕʻi55	tɕʻi55	tɕʻi55
粗	遇	清	模	平	合	一	次清	tsʻu55	tɕʻu55	tsʻu55	tsʻu55	tsʻu55	tsʻu42	tsʻu55	tsʻu55	tsʻu55	tsʻu55	tsʻu55
掃	效	心	皓	上	開	一	全清	tsʻu44 tsʻu44	tʻo44	tʻiu44	tsʻou55	so33	tɕy44	tsʻau44	tsue44	tsue44	tsue44	tsui44
塞	曾	心	德	入	開	一	全清	tsʻi55	tɕʻi55	tɕʻu55	tsʻɯ42	tsʻu55	tsu24	tsʻu55	tsu35	tsu35	tsu35	tsv35

附錄：白語漢詞語源語材料

漢譯	韻攝	中古聲母	中古韻目	中古聲調	開合	等第	清濁	共興	洛本草	營盤	辛屯	諾鄧	漕澗	康福	挖色	西窯	上關	鳳儀
撒/撒種	山	心	曷	入	開	一	全清	sa44	sa44	sa44	sa44	sa44	sa44	sa44	kou44 ka35 kv44	ko44 ka35 kv44	tsv44 ka35 kv44	sa44 tsi33
撒/撒尿	山	心	曷	入	開	一	全清	si33	çi33	ʂɤ33	si33	ʂʅ33	sa33	si55 sʼau31	çɯ33	çi33	çɯ33	çi33
算	山	心	緩	上	合	一	全清	çui42	suĩ42	çui42	sua42	sua31	çuã33	suã42	sue44	sui44	sue44	sue44
篲	蟹	邪	祭	去	合	三	全濁	tsui44	ʈue44	tsui44	tɕue42 ke44	tʂue33 kɔ21 ⁽緊⁾	tɕui44 ku33	tsui31 ku31	tsue44	tsui44	tsue44	tsue44
烏	遇	影	模	平	合	一	全清	u55	u55	u55	xʼɯu44	xu35	ua44	xɯu44 ⁽緊⁾	v55	v55	v55	v55
花	假	曉	麻	平	合	二	次清	xue55	xu55	xo55	xu55	x35	xo24	xu55	xuo35	xuo35	xuo35	xuo35
蝦	假	匣	麻	平	開	二	全濁	ɣo44	ɣo44	ɣo44	ɣo21	ɣa21	çia44	ɣa21	ɔ21	ɔ21	ɔ21	ɔ21
扔/拋/攔/甩	曾	日	蒸	平	開	三	次濁	liu44 võ33	ʂɛ55	pio55	lɛ̃44	ʂɛ55	liao42	liau44	piɚ35	pie35	piɚ35	liou44
李子	----	----	----	----	----	----	----	----	xɯ33	----	tso44 xɯ33 tsʅ44	xɯ33 tsʅ33	xɯ33 (tsi33)	xɯ33	xɯ33	xɯ33	xɯ33	xɯ33

說明：詞例「采[tsʼɯ31]」以雙音節詞表現時，其韻母元音會隨著前置語音的韻母元音音調整發音高低，形成順同化語音演變現象，例如「芹菜[tɕʼũ42⁽緊⁾ tsʼe55]」、「豆芽菜[tɯ31 ɣɔ̃21⁽緊⁾ tsʼ31]」。詞例「鉢」在洛本草區分為兩個音讀，依據其材質分為「本製鉢[ɳi31]」和「金屬製鉢[qe42]」。

表六：白語漢語借詞之現代官話層（包含以滯古語音現象表示各時期的漢語借詞音讀）：中古時期與近現代時期之過渡

漢譯	韻攝	中古聲母	中古韻目	中古聲調	開合	等第	清濁	共興	洛本卓	營盤	辛屯	諾鄧	漕澗	康福	挖色	西窯	上關	鳳儀
萬	山	微	願	去	合	三	次濁	me31	me31	me31	vã55	va55	vṽ31	võ31	ŋv31	ŋv31	ŋv31	ŋv31
喋	咸	定	帖	入	開	三	全濁	ta42	ta42	ta42	tie35	do33	tɕia42	tie55	ti35	tie35	tie35	tie35
該	蟹	見	咍	平	開	一	全清	ge44	qai44	ke44	ke44	ke44	kai44	ke44	ke35	ke35	ke35	ke35
九	流	見	有	上	開	三	全清	tɕi33	tɕi33	tɕɯ33	tɕũ33	tɕɯ33	tɕɯ33	tɕɯ33 tɕau33	tɕɯ33	tɕɯ33	tɕɯ33	tɕɯ33
近	臻	群	焮	去	開	三	全濁	dzɛ̃33	tʂʼuo33	tsʼo33	tɕi33	dʑi33	tɕuã42	tɕi33	tɕe33	tɕi33	tɕe33	tɕi33
額	梗	疑	陌	入	開	三	次濁	ŋe44	ŋa44	ŋe44	ŋəʔ33 tʼei55	ŋe33 de33 ne21	ŋe33 tai44	ɔ̃44（緊） te44	ŋa44 te44 tɯ21	ŋa44 te44 tɯ21	ŋe44 tɯ44	ŋe44 tɯ44
銀	臻	疑	真	平	開	三	次濁	ŋi21	ŋi21	ŋi21	ji21	ŋi21	ŋi21	ji21（緊）	ŋi21	ŋi21	ŋi21	ŋi21
這	山	疑	線	去	開	三	次濁	nɯ31	na21 mũ31	kɯ31	ei55	nɯ21	tɯ21	li31	tɯ31	nɯ31	nɯ31	tɯ31
月	山	疑	月	入	合	三	次濁	ua42	ŋõ42	ŋua42	mi55 ua44	ŋua33	mi44 uã44 jue24	uã44	mi35 ua44	mi35 ua44	mi35 ua44	mi35 ua44
針	深	章	侵	平	開	三	全清	tʂʐ̩55	tʂɛ̃55	tsʐ̩55	tsĩ55	tsʐ̩35	tsṽ24	tsĩ55	tsʐ̩35	tsʐ̩35	tsi35	tse35
姐	假	精	馬	上	開	三	全清	tse33	tse33	ta33 tɕi33	tɕi33	tɕi21	ta33	tɕi55	tɕi33	tɕi33	tɕe33	tɕe33
草嫂	效	清 心	皓	上	開	一	次清	tɕʼu33	qʼv42 tɕʼu33	tɕʼu33	tsʼõ33	tsʼu44	tsʼu33	tsʼu33	tsʼo31	tsʼo31	ma33 tsʼu33	ma33 tsʼu33
淺	山	清	獮	上	開	三	次清	tɕʼi33	xɯ55 xɯ55 a31 mu33	tɕʼie33	po33 pie33	tɕʼi33	tɕʼia31	tɕʼi33	tɕʼi33	tɕʼi33	tɕʼi33	tɕʼi33

附錄：白語漢源詞語源材料

漢字	攝	韻	聲	調	開合	等	清濁											
千	山	先	清	平	開	四	次清	tɕ'e55	ts'i55	ts'i55	tɕ'i55	tio33 / tɕ'i55	tɕia42	tɕ'e55	tɕ'i55	tɕ'i55	tɕ'i55	tɕ'i55
山	山	山	生	平	開	二	全清	qa55	t'a55 / pa55	tɕia55	tsõ55	tɕa35 / pa35	tɕia24 / pa24	pa33	tso55	tso55	tsv55	tsv55
瘡疤／澀	深	緝	生	入	開	三	全清	a42 / tsua42 / (k'ui42)	şe42	sɿ42	a42 / tsuo42 / (suɯ35)	sɿ42	si21 / (ts'i21)	si44 (緊)	sa42	sɤ42	ɕi42	ɕi42
雲	臻	文	云	平	合	三	次濁	ʁe31 / ȵe31 / e31	ã31 / ȵa31 / mo31 / qo31	ʁe31 / ȵe31 / e31	vu21 / lo21	v21 / ko35	puɯ21 / kv42	vo21 (緊)	v21	vv21	v21	v21 / je21
圓	山	仙	云	平	合	三	次濁	ui21	uɛ21	zue21	ȵui21	ue21	uã21 / juã21	uɛ21	ue21	ui21	ui21	ue21
胃	止	未	云	去	合	三	次濁	zɿ42	zɛ42	ɣe42	zɿ21	v21	ue42	vo42 (緊) / ue44 (緊)	v42	vv42	ve42	ui42
雨	遇	遇	云	去	合	三	次濁	zɿ33	dze33	zɿ33	vɯ33	v33 / ɕi33	vo21 / ɕi33	vo33	vz33 / ɕi33	v33 / ɕi33	v33 / ɕi33	v33 / ɕi33
蠅	曾	蒸	以	平	開	三	次濁	zɿ55	ɕõ55 / mõ55	iũ55	suɯ21 / zuɯ21	ʑuɯ21 (緊)	zũ42	zuɯ21 (緊)	suɯ21	suɯ21	ʑuɯ21	ʑu21
用	通	用	以	去	合	三	次濁	ŋuɯ42	ȵõ42	ȵo42	niou42	jɔ21 / zɣ21	zv31	jã42	ʑv31 / sv31	zɔ31	ʑv31	ȵv31
谷易	通	鍾	以	平	合	三	次濁	uo42	ɣo42	u42	ɣo42	ju55 / ji33	zõ24 / ji33	ɣa42 (緊)	ou42	o42	ou42	u42
橘子／桔子	---	---	---	---	---	---	---	---	tɕõ55 / tsi31	--- / tsɿ31	tɕu55 / tsɿ33	--- / tsɿ33	tɕu24 / tsi33	ju35 (緊) / tsi31	tɕu35 / tsɿ44	tɕu35 / tsɿ44	tɕu35 / tsɿ44	tɕy35 / tsɿ44

說明：據調查顯示，白語韻母元音會隨音節單音音位詞根在雙音節詞彙內的語義而改變其唇形展圓和舌位高低，甚至連同聲調值高低，隨之變化：例如在詞內表內的「草／嫂[ts'u44]」，「諾鄧語區」即出現此種語音演變現象，特別表現在當地草有物名稱時，例如：「魚腥草[ŋɔˈ35 ɕe44 ts'u21]」、「鬼針草[k'ua33 ts'e55]」、「葦蘼草[xa33 tɕ'i55 mi33]」等。

表七：白語詞彙之同源（包含因語音演變而變化詞例暨語音相源之借詞詞例）

漢譯	韻攝	中古聲母	中古韻目	中古聲調	開合	等第	清濁	共興	洛本卓	營盤	辛屯	諾鄧	漕澗	康福	挖色	西窯	上關	鳳儀
包	效	幫	肴	平	開	二	全清	pou55	po55	kou55	pou55	ɢɔ33	ko55	pau55	po55	po55	po55	po55
八	山	幫	黠	入	合	二	全清	tɕuã44	tɕua44 / tʂua44	pia44	piã44	pia44	pia44	pia44(緊) / pa35	pia44	pia44	pia44	pia44
偏	山	滂	仙	平	開	三	次清	tɕ'uẽ55	tɕ'uã55	p'ie55	piɚ55	ue35	p'ie42	p'iɚ55 / ɕe42	p'iɚ55	p'ie55	p'iɚ55	p'ie55
皮	止	並	支	平	開	三	全濁	bi31	tɕui31 / qo44	pi31	pe21	pe33 / tʂo35	ke33 / pai31	pe21	pe35	pe35	p'i42 / fv44	pe35
薄	宕	並	鐸	入	開	三	全濁	po42	po42	po42	po42	po42	pao42	pa42(緊)	pou42	po42	pou42	po42
母姆	流	明	厚	上	開	一	次濁	mũ33	mõ33	mo33	mou33	mɔ33	mo33 / mu33	mau33 / mãu33	mo33	mo33	mo33	mo33
馬	假	明	馬	上	開	二	次濁	mã33	mã33	me33	mɚ33	mɛ33	mɛ33	mɚ33	mɚ33	mɚ33u33	mɚ33 / u33	me33
夢	通	明	送	去	合	三	次濁	mũ44	mũ44	mɯ44	mi55 / mou55	mɯ33	mũ44	mɯ31	mɯ44	mɯ44	mɯ44	mɯ44
腦	效	泥	皓	上	開	一	次濁	nõ33	nõ33 / qa55	nv33	nõ33 / tsi33	nɔ33 / kɚ31	nõ33	nau33 / ɕy33	nɔ33	nɔ33 / mɯ31	nɔ33 / k'v31	nɔ33 / mɯ31
泥	蟹	泥	齊	平	開	四	次濁	nõ31	ne31	ni31	ne21	ni21 / tɕ'i55	nã31	p'iɚ55 / ne21	ne21	ne21	ne21	ne21
高	效	見	豪	平	開	一	全清	qã55	qõ55	qõ55	kã44	ka35	kã24	kã55	ka35	ka35	ka35	ka35
乾	山	見	寒	平	開	一	全清	tɕi55	tɕi55	tɕi55	tɕi44	tɕi35	tɕiã24	tɕi55	tɕe35	tɕi35	tɕe35	tɕe35
金	深	見	侵	平	開	三	全清	tɕi55	tɕi55	tɕi55	tɕi44	tɕi35	tɕiã24	tɕi55	tɕe35	tɕi35	tɕe35	tɕe35
骨	臻	見	陌	入	合	一	全清	qua44	qua44	qua44	kua44	kua44	kua44	kua44(緊)	kua44	kua44	kua44	kua44

漢譯	韻攝	中古聲母	中古韻目	中古聲調	開合	等第	清濁	共興	洛本卓	營盤	辛屯	諾鄧	漕澗	康福	挖色	西窯	上關	鳳儀
刮	山	見	鎋	入	合	二	全清	kua55	pa55 / kua55	kua55	kua44	kua55	kua24	kua55	kua35	kua35	kua35	kua35
刮(風)	-----	-----	-----	-----	-----	-----	-----	-----	-----	-----	tsõ44	tʂʼu33	-----	tsʼau44 (緊)	-----	-----	-----	-----
哭	通	溪	屋	入	合	一	次清	qʼu44	qʼu44	qʼu44	xu55 / me33	kʼu44	kʼao44	ko44	kʼou44	kʼo44	kʼou44	kʼou44
空	通	溪	東	平	合	一	次清	qʼõ55	qʼõ55	qʼõ55	kʼõ55	kʼɚ55	kʼv55	kʼõ55	kʼv55	kʼv55	kʼv55	kʼv55
寬	山	溪	桓	平	合	一	次清	qʼua44	qʼua44	qʼo44 / qʼua44	kʼuã44	kʼua44	kʼua44	kʼua44 (緊)	kʼua44	kʼua44	kʼua44	kʼua44
黑	曾	曉	德	入	開	一	次清	χu44	χu44	xu44	xu33	xu55	xu33	xu44 (緊)	xu44	xu44	xu44	xu44
七漆	臻	清	質	入	開	三	次清	tsʼi44	tsʼi44	tsʼi44	tɕʼi44	tɕʼi44	tɕʼi24	tɕʼi44	tɕʼi44	tɕʼi44	tɕʼi44	tɕʼi44
蠶	咸	從	覃	平	開	一	全濁	tsa31	za31	tsa31	tsã21 / tsi33	tsa21	tsã31	tsã21	tsa21	tsa21	tsa21	tsa21
三	咸	心	談	平	開	一	全清	sã55	sã55	sa55	sʼã55 / sã55	sa55	sã55	sʼã55 / sã55	sa55	sa55	sa55	sa55
四	止	心	至	去	開	三	全清	si44	ɕi44	ɕi44	ɕi44	ɕi33	ɕi33	ɕi44 / si44	ɕi44	ɕi44	ɕi44	ɕi44
心	深	心	侵	平	開	三	全清	ɕi55	sʼẽ55 / sẽ55	si55	ɕi44	ɕi44	ɕiã24	ɕi55	ɕi55	ɕi35	ɕi55	ɕi35
死	止	心	旨	上	開	三	全清	si33	ɕi33	ɕi33	ɕi33	ɕi33	ɕi33	ɕi33	si33	ɕi33	si33	ɕi33
十拾	深	禪	緝	入	開	三	全濁	tʂʼi42	tʂʼi42	tsʼi42	tsi42	tʂʼi42	tsi42	tsi42 / si35	tsʼi42	tsi42 / si35	tsʼi42	tsi42
笮	梗	莊	陌	入	開	二	全清	tia44	tia44	te44	tse55	tʂe33	tse33	tsɚ44 (緊)	tsɚ44	tse44	tse44	tsɚ44
鵪	咸	影	押	入	開	二	全清	a42	a42	a42	a44	a33	ɣa33	a44 (緊)	a44	a44	a44	a44
一	臻	影	質	入	開	三	全清	a44	a44	a44	ji44	a44	ji44	a44 / ji35	a44 / ji44	ʑi44	a44 / ji44	ʑi44

漢譯	韻攝	中古聲母	中古韻目	開合	等第	中古聲調	清濁	共興	洛本卓	營盤	辛屯	諾鄧	漕澗	康福	挖色	西窯	上關	鳳儀
衣	止	影	微	開	三	平	全清	ji55	ji55 ji55	ji55	ji55 kuã55	ji35 pe21	ji24 kuã24	ji55 kuã55	ji35 pe32	ji35 k'o55	ʑi35 pe32	ʑi35 pe32
羊	宕	以	陽	開	三	平	次濁	jo31	ŋo31	ŋo21	juĩ21	jo21	jõ31	jã21 (緊)	jou21	zo21	jou21	jou21
夜	假	以	禡	開	三	去	次濁	jo42	jo42	jo42	ɕiɤ55	jo21	jo42	ja42 (緊)	jo32	jo32	jo32	jo32

表八：白語詞詞彙之彝語層：包含兼具彝語和漢語音讀影響之詞例

漢譯	韻攝	中古聲母	中古韻目	開合	等第	中古聲調	清濁	彝語 漢語	共興	洛本卓	營盤	辛屯	諾鄧	漕澗	康福	挖色	西窯	上關	鳳儀
房	宕	並	唐	開	一	平	全濁	xe21 buaŋ	ɣa42 ha31	xo42	xo42	x'ou31	hɔ21 ke35	xo31 kv24	x'au31	xo31 tɕia35	xo31 tɕia35	xo31 tɕia35	xo31 tɕia35
飯	江	並	覺	開	二	入	次清	p'e55 p'v55 bok	p'v44	p'v44	p'o44	p'ou44	p'o44	p'ao44	p'au44	p'ou44	p'ou44	p'ou44	p'u44
被子	止	並	寘	開	三	去	全濁	lo21 bo33 biai	ba42	po42	po42	po42	lo21 po21	lo21 po33	pe42 tsi21	lo31 po31	lo31 po31	lo31 po31	lo31 po31
踹	山	奉	元	合	三	平	全濁	bv21 bo21 biwan	bo33	po33	pa33	pa31	pa21	pã31	pa21 (緊)	pa33	pa33	pa33	pa33
尾	止	微	尾	合	三	上	次濁	me55 miwai	mu33	me33	ŋv33	mo31 to33 lo55	ŋo21 (緊)	mi33 tu24	vo33 to55 lo55	mi33 tu35	mi33 tu35	mi33 tu35	mi33 tu35